「父さん、自分でしてみせてよ」
「な、んで…そんなこと、…っ、嫌、だ…!」
illustration by CHIHARU NARA

血《けっ》鎖《さ》の煉《れん》獄《ごく》

秀 香穂里
KAORI SHU

イラスト
奈良千春
CHIHARU NARA

Lovers Label

CONTENTS

血鎖の煉獄 ―― 5
あとがき …… 215

✦本作品の内容は全てフィクションです。
実在の人物、団体、事件などにはいっさい関係ありません。

「ただいま、……悟《さとる》、いないのか？」

都心の閑静《かんせい》な住宅街の一角にある自宅の扉《とびら》を開けると、室内に残るわずかな熱に触れて、吐き出した息がふわりと白く立ち上る。

十一月の終わりになって冷え込みが一層《いっそう》厳しくなったが、クリスマスやら正月やらを控《ひか》えているせいか、街全体が浮き立つ感覚は国友義政《くにともよしまさ》にとってもほっとするものだ。

だが、仲のいい家族や友人、恋人たちと楽しい時間を過ごすひとがいる反面、そうでないひとが孤独感《こどくかん》に晒《さら》され絶望して命を絶つケースが年末年始に一番多いことも、臨床心理士《りんしょうしんりし》としてよくわかっているから、気が抜けない。

駅前のスーパーのビニール袋の中身をひとつひとつ取り出し、冷蔵庫に収めた。ここ最近忙しく、家で食事することもままならないから、今日は意識して早めに切り上げてきた。キッチンの壁にかかる時計は、夜の九時を回っている。息子の悟が先に帰っていたら、一緒に鍋《なべ》でもしようと水炊《みずた》きの材料を買ってきたのだが、今夜はまだらしい。

三十六歳の国友は普段、臨床心理士として大学病院の心療内科に勤務している。それからもうひとつ、病院のすぐそばにある私立高校のスクール・カウンセラーという肩書きも持っていた。非常勤として週三日、主に生徒たちのメンタルケアを行う。この学校には校医もいるが、表向き、「お腹《なか》が痛い」「頭が痛い」と訴えて保健室に駆け込んでくる生徒の半数近くは、こころの悩みを抱《かか》えていることが多いのではないかと学校側が判断し、ツテを辿《たど》り、思春期の子どもとの距離の取り方がうまいと定評のある国友を呼んだのだ。

スクール・カウンセラーが世間的に認知されるようになってから、まだ日が浅い。そもそも、大人の世界でさえ、メンタルクリニックや、カウンセリングに通うことを隠したがる者が多いのだ。年々、精神的に追い詰められ、鬱《うつ》を患《わずら》う者は多くなっている反面、一度でも神経的に参ったと烙印《らくいん》を押されることは誰にとってもつらいのだろう。

国友が診《み》ている生徒たちの中にも軽度の鬱の兆候《ちょうこう》を持つ子がいるが、幸いにもいまのところは本格的な投薬治療を必要とする子はいない。たいていは腹痛や頭痛を理由に保健室に来て、国友とぽつぽつ話し、一時間ほど仮眠を取って落ち着く。

しかし、油断はできない。大人が口にする言葉には保身のための嘘《うそ》を孕《はら》んでいることが多々あるが、心療内科に駆け込んでくる以上、ある程度の覚悟ができているのだろう。自分の身体《からだ》について起きている異常を、なんとか伝えようとしてくれる。

対して子どもの場合は、自分の状態を的確に言い表す術《すべ》を持っていないだけに、苛々《いらいら》する、落ち込むことが多い、という表面的な態度だけで判断するしかないのだ。それを単なる思春期の惑《まど》いと片付けてしまうと、取り返しがつかない段階まで症状が悪化してしまうこともある。

──悟はどうなんだろう。大学ではちゃんとやれているんだろうか。

二十歳になったばかりの息子は知力が高く、名門の国立大学に一発で合格した。友人もそれなりにいるだろうが、異性に相当もてることは、リビングのソファの隅《すみ》に放られたファッション雑誌をめくれば一目でわかる。

仕事柄、白衣を羽織《はお》り、誰から見ても話しかけやすい印象を持ってもらえるように穏和な微《ほほ》笑《え》みを絶やさない自分とは違い、息子の悟は切れ長の鋭《するど》い目元にふさわしい薄めのくちびるを持ち、ほとんど笑わない。長めに伸ばした前髪の合間からのぞく目が色っぽいと、読者モデルとして雑誌に載るようになったのは高校生の頃からだ。最初は同級生にもからかわれると嫌がっていたが、どういう心境の変化か、大学入学と同時にモデル事務所に入り、いまでは学生兼人気モデルという二足のわらじを履いている。

自分の息子が雑誌に載り、異性からも同性からも憧れられているというのは、親として面《おも》はゆい反面、──こうやってどんどん子どもは手元から離れていくものなんだろうか、と寂しく思うところもある。

国友は悟を男手ひとつで育ててきた。十六歳のときから、ずっといままで。それこそ、若い頃の過《あやま》ちというものだ。当時、近所に住んでいた高校のふたつ上の女性の先輩に、『女との経験、ある？』と誘われ、抗《あらが》えなかった結果が悟だ。

「二十年なんてあっという間だったなぁ……」

缶《かん》ビールを片手にソファに腰を下ろし、ぱらぱらとめくる雑誌では悟が長身にロングコートをまとい、シャープな横顔を見せている。

「……いつの間にこんなに大きくなったんだか」

ライトの当て方がうまいせいか、端整《たんせい》ながらもどこかに鋭い牙《きば》を隠し持ったような男っぽさと色香には、父親の自分でさえたまにどきりとさせられて苦笑いしてしまう。

片親育ちである事実は変えられないとしても、必要以上に苦しませたくなかったから、できるかぎりのことはしてきたつもりだ。生後間もなくの頃は国友も十六歳という若さだっただけに、両親の力を借り、交互におむつを替え、ミルクを与えたりして懸命《けんめい》に育ててきた。なにが気に入らないのか、なかなか泣きやんでくれない夜などは、こっちも一緒になって泣きたくなったものだが、ちいさな手でしがみつかれる嬉《うれ》しさはなににものにも代え難《がた》かった。

子ども嫌いではなかった自分を褒《ほ》めてやりたい。どんなに些細《ささい》なことでも悟の話に耳を傾け、本来ならば母親がくれるはずの温《ぬく》もりも、国友が与えてきた。

同じ目線で話し、頭を撫《な》で、照れることなくしょっちゅう抱き締めた。幼い悟にとって、自分という存在がいつまでも味方であることを信じてほしかったのだ。それが悟にも通じていたのだろう。彼の祖父母にあたる、国友の両親にもよく懐《なつ》いていたが、なにかというと、『父さん』と笑顔で駆け寄ってきて、手を繋《つな》ぎ、抱き締めてもらいたがった。

とはいえ、この数年、悟がほとんど口をきいてくれなくなってしまったことがほんの少し寂しい。

当たり前だが、親離れの時期が来ているのだろう。

声が低くなり、身長を追い越されたなと気づいた頃には悟の帰宅時間が少しずつ遅くなり、あまり話をしてくれなくなった。

誌面では大勢のモデルがさまざまなポーズを決めているが、ストイックな男らしさを持つ悟はひときわ目立つ。悟が単体で出ているページも多い。ひとつひとつの仕草《しぐさ》が誰よりもなめらかで鮮やかなことに、雑誌の編集者やカメラマンも惹《ひ》きつけられているのだろうと思うのは、親の欲目か。

——『大きくなったら、お父さんをお嫁にする』なんて言ってた頃が懐かしい。あの頃の悟はほんとうに可愛《かわい》かった。

いまだ色褪《いろあ》せない想い出をあれこれとたぐり寄せていたときだった。

玄関の扉ががしゃりと開き、「……父さん？」と訝《いぶか》しむような声が聞こえたかと思ったら、黒いコートを着た悟が足早にリビングに入ってきた。

「めずらしいね、早い帰りじゃん」

「たまにはおまえと夕飯を一緒に食べようと思って」

雑誌からそのまま抜け出てきたような圧倒的な存在感に内心押されつつも、「これ、すごいな」とページを缶ビールの縁《ふち》で軽く叩《たた》いた。

「大きく扱《あつか》ってもらえてるじゃないか。人気があるようで、父さんも嬉しいよ」

「モデルなんて水商売と一緒で若いうちだけの仕事だよ。べつに褒められたもんじゃない」

顔色ひとつ変えず、さらりとした声音《こわね》で辛辣《しんらつ》なことを言う悟がコートを脱いで、ソファに放り投げる。

「夕食って、なに」

「寒いから水炊きにしようと思って。いますぐつくるよ」

ソファを立ち上がると、悟がわずかに身体を寄せてきて匂《にお》いを嗅《か》ぐように鼻を鳴らし、眉根《まゆね》を寄せる。

「甘ったるい匂い。なにこれ」

「ああ、ごめん。今日診た患者のひとりの香水が残ってるのかもしれない。結構強めにつけていたひとがいたから」

ワイシャツの袖《そで》のあたりに鼻を寄せると、甘い香りが薄く漂《ただよ》う。悟は昔から匂いに極端に敏《びん》感《かん》で、石鹸《せっけん》やシャンプーはともかく、ことさら女性がつけるような甘い香水を嫌っていた。

「シャワー、浴びてこいよ」

「でも、食事の支度《したく》は」

「俺がやっておくから、父さんはシャワー浴びて」

セーターの袖をまくった息子に手を振って追い払われてしまえば、言うことをきかないわけ

にはいかない。男同士とはいえど、料理の腕はほぼ互角《ごかく》だ。

遠足や運動会に必要な見た目が楽しい弁当づくりは自分のほうが絶対に得意だと思うが、料理全般に対しての細《こま》かな味つけでは悟のほうが上かもしれない。

そういうところでも親ばかがまだ抜けないなと苦笑いし、香りが控え目な石鹸を泡立《あわだ》てて身体を丁寧《ていねい》に洗い、熱いシャワーを浴びた。ついでに髪も洗い、悟が嫌がる甘い匂いが全身から消えたことを確認して風呂を出た。

石鹸やシャンプーを買ってくるのは悟の役割だ。二、三年前から、『父さんもこれ使うようにして。そうすれば匂いが混ざって苛々しなくてすむ』と言い、以来、同じブランドのものを親子そろって使っている。今夜も当然、悟と同じものを使った。これなら悟も文句を言わないだろう。

濡《ぬ》れた髪をタオルで拭《ぬぐ》いながらリビングに戻ると、テーブルには早くもカセットコンロが置かれ、蓋《ふた》を閉じた鍋から湯気《ゆげ》が噴《ふ》き出ている。暖房を効かせていることもあって、暑い。シャツタイプのパジャマのボタンをふたつほどはずし、ぱたぱたと襟元《えりもと》を扇《あお》いで火照《ほて》る肌を冷やす姿に悟がちらりと視線を投げてきて、ふいと顔をそらす。

「ビールはどうする」

「飲む。悟も飲むか？」

「飲むよ」

当然そのつもりだったらしく、冷蔵庫から冷えたグラスと缶ビールを取り出す悟が手際《てぎわ》よく注《そそ》いでくれる。

「いただきます。久しぶりだな、こうやって悟と食事するのも」

「そうだな」

きめ細やかな泡を立てたグラスを触れ合わせ、悟が頷《うなず》く。

「大学はどうなんだ。わからない授業とか、あるか」

「べつに。普通」

「モデルをしてることで騒がれたりしないか?」

「そういうウザイ奴《やつ》はそばに置かない」

素《そ》っ気《け》ない答えに、どう話を継いでいけばいいのか躊躇《ちゅうちょ》し、箸《はし》が止まる。悟は構わずに旺盛《おうせい》な食欲を見せ、野菜や肉をどんどん平らげていく。

普通に考えれば、男親とその息子の食卓というのはこんなものなのだろう。悟も二十歳だ。

「今日学校でこんなことがあった」とか「友だちとこんなことして遊んだ」とか、始終嬉しそうに喋《しゃべ》っていた小学生の頃とは、もうなにもかも違うのだ。

親だからこそ、いくつになっても子どもがどんな日常を過ごしているのか知りたいと思う。心配もしているのだが、深く突っ込めば突っ込んだぶんだけ、相手は頑《かたく》なにこころを閉ざしてしまう。

思春期を脱し、大人になりたての年頃の扱いがまたべつの意味で難しいことは、心理療法士という職業柄、よくわかっているつもりだが、我が子のこととなるとどうもうまくいかない。

――悟のほうも、父親の俺にはいちいち報告するのが面倒なんだろう。

一緒に暮らし、食事しているだけでも、いいほうだ。

家族の絆《きずな》が断絶している場合は、十代の早いうちから親子の会話がなくなり、食事をともにすることもない。

自分を生んでくれたはずの親に見放され、愛されることを知らずに育ってきた子どもの獰猛《どうもう》な目遣《めづか》いを、醒《さ》めきった親のため息を、国友は数多く見て、聞いている。

ひとつ屋根の下に暮らしていてもひびが深く入った家族というのはもはや修復不可能なまでに壊れ、ただ体面を保つために、「父」「母」「子ども」という名札をつけているだけのようなものだ。

そうした家族が日々増えていく。誰もが等しく孤独になっていく。その果てにこころを病《や》んでしまうひとびとを目《ま》の当たりにしているから、悟とは、ぽつんぽつんとした言葉だけでも交わせる間柄でいたい。

「……ん、悟、どうした」

つかの間、思い耽《ふけ》っていた国友は、悟のひたとした視線が向けられていることに気づいた。

ずいぶん長いこと見つめていたらしい。国友の声に悟は突然夢から覚めたような顔つきで何度かまばたきし、やがて瞼《まぶた》を伏せた。

「ビール、もう少し飲むか？」

黙って突き出されたグラスにビールを注いでやると、悟はひったくるようにして一気に飲み干す。

「おい、そんな飲み方は身体によくないぞ」

「いいだろ。これぐらいじゃ酔わないよ」

「悟……」

深々と息を吐き出し、濡れた口元を拳《こぶし》で拭う悟の目尻が薄く赤らんでいるのが酒のせいではないのだとしたら、なんなのだろう。単に鍋の湯気が熱いせいか。それとも、自分にはわからない感情の動きによるものだろうか。

「もういい、ごちそうさま。俺は風呂《ふろ》に入って寝る。後片付けは父さんがやれよ」

「あ、……ああ、うん、わかった」

ガタンと音を立てて椅子《いす》を立った悟が足早に風呂に向かう。

自分よりも一回り逞《たくま》しい背中を見送り、ひとり取り残されて飲むビールは、なんだか妙に味気なかった。

子どもの頃の悟は、ほんとうに、ほんとうに可愛かった、と言ったら、それこそ本気で口をきいてくれなくなるだろう。もちろん、成長したいまの悟にも変わらない愛情を持っている。けれど、無邪気《むじゃき》な笑顔で胸に飛び込んできてくれた頃がいまもって忘れられない。

——どの子も、ある程度の歳になったら、自我を確立させるために親から離れていく。逆に、いつまで経っても親の言うことをおとなしく聞いているほうが心配だ。世の中にうまくとけ込めず、自立できなくなってしまう。

子どもを冷酷に突き放す親もいれば、甘やかすだけ甘やかし、脱皮できない「大きな子ども」に仕立ててあげてしまう親もいる。そういう子どもは善悪の判断すら親にゆだね、働きもせず、自分ひとりではなにもしない。裕福な家庭ならば大きな子どもをいつまでも遊ばせておけるだろうが、そうでない家庭では、いずれかならず深刻な未来を呼ぶ。

「小島《こじま》さん、また頭が痛くなった?」

目の前でこくりと頷く女子生徒の小島京子《こじまきょうこ》は、国友のスクール・カウンセリングの常連だ。高校三年生の冬休み間近、大学受験が目前に控えている状況で体調不良を訴える子どもは少なくないが、小島は国友が学校を訪れるとほぼ同時に、保健室に隣接しているカウンセリングルームにやってくる。

生徒を全面的に迎え入れる場所は、気分を落ち着かせる暖かな配色で、国友と生徒が適度に距離を取って話せるようにソファの位置にも気を遣っている。

小島の頭痛は最初は風邪《かぜ》からくるものだろうかと思っていたが、まったく治る気配がないため、心理的なものが大きく作用しているのではないかと判断した。

「そんなに無理しなくてもいいんじゃないかな」

やわらかに切り出すと、小島はうつむいたまま、びくんと肩を震わせる。小島の学力は高く、三年生の中でもトップグループに入っていると聞いている。

「大学に入ることは確かに大事だと思うけど、身体に差し障《さわ》りが出るほどの勉強もつらいよね。毎日、眠れてる？」

「……あまり……ていうか、ほとんど眠れない。あの大学に受からないと絶対にダメだって、父にも母にも毎日言われてるし」

国友とけっして目を合わせようとせず、無理やり押し出す嗄《か》れた声がいたましい。小島が目指しているのは、超難関と評判の高い国立大学のひとつだ。成績のいい彼女のことだから、気力が続けば合格できないことはないだろうが、うつろな目が気になる。家でほとんど眠れていないのも、両親による過大な期待のせいだろう。

「とにかく、ここで眠れるだけ眠りなさい。担任の先生にもうまく話しておくから心配しないで。それと、お腹が空《す》いたら遠慮無く言って。なにか買ってくるよ」

「はい」

「耳栓《みみせん》は？」

「持ってます。大丈夫です」

それまで能面のような顔をしていた小島がようやく微笑み、スカートのポケットからカプセルに入った耳栓を取り出す。

カウンセリングルームの隣にある保健室の扉を開けると、男性校医の秋吉《あきよし》が、「ああ、国友先生」と笑顔で出迎えてくれた。背後に立つ小島を見て、わかりました、というふうに軽く頷く。秋吉も、小島の不調は知っているのだ。

いつもどおり、小島を一番奥のベッドに案内し、ついでにゆっくり休めるようにパジャマも渡してカーテンをぐるりと閉め切った。

がさごそと衣服を脱ぎ着する音を背中で聞き、白衣のポケットに入れておいたメモパッドに、「三年A組の小島さんの担任に連絡すること」と走り書きをする。

まだ朝の十時だが、これから小島は耳栓をし、パジャマに着替えて、学校の保健室のベッドで誰にも邪魔《じゃま》されずに眠るのだ。うるさい親と、途切れない受験勉強から逃《のが》れるために。

「じゃあ、秋吉先生、よろしくお願いします。なにかあったらすぐ呼んでください、隣にいますから」

「了解です」

秋吉は三十歳になったばかりだが、おおらかな性格で頼もしい。校医とはいっても精神的な分野に深いわけではないので、国友との連携プレイを快諾《かいだく》してくれているのだ。

カウンセリンググルームに戻り、さっきまで小島が座っていたクリーム色のソファをじっと見つめた。

最初にカウンセリングしたときから、彼女がつねに耳栓を携帯していることは知っていた。

『雑音が気になって集中できないから』と呟《つぶや》いた彼女に、さりげなく、『親しい友だちは、いる？』と訊《たず》ねたら、『いらない』と一刀両断《いっとうりょうだん》された。

友だちがいるか、いないかを答えるのではなく、『いらない』という選択肢を真っ先に選んだ十八歳にこころがさっと冷えたが、なんとか無事に受験を乗り切り、希望大学に入れば余裕も生まれ、友人もできるのではないだろうかと祈りたいところだ。

いまのところ、小島は保健室で休ませる程度でなんとか治まっているが、これ以上悪化すると薬の処方が必要になるかもしれない。

「……そうなると、親の了解が必要になるんだよな……」

小島の話を聞くかぎり、かなり手こずりそうな親だ。だが、早いうちに話をつけておかないと、年明けのセンター試験に間に合わなくなる。その前に、小島の担任教師とも話を詰めておかなければ。

その後も数人の生徒がカウンセリンググルームを訪れ、胸の裡《うち》を打ち明けていった。小島のように身体の具合が悪いと率直に言う子もいれば、国友に悟《さと》ってほしいのか、石ころのように固く押し黙っている子もいる。

時間をかけて、こころを鋭く突き刺しているちいさな棘《とげ》を探し出すのが、スクール・カウンセラーという仕事だ。子どもを痛める針《はり》はそれぞれによってねじれ方が異なり、どのぐらい深く食い込んでいるかもかなり違う。根気強く、人一倍、忍耐力がないと務《つと》まらない。

小島が四時間ほど眠り、朝とはまったく違うすっきりした顔で、「ありがとうございました」と保健室を出ていき、校医の秋吉と今後の対応を話していると、あっという間に窓の外は真っ暗だ。

学校での職務を終えても、国友の一日はまだ続く。本来、籍のある病院に戻り、受け持ちの患者たちの状況に変化がないかどうかを聞き、医師や看護師のスタッフ全員でミーティングを行う。

——悟はどうしているんだろう。もう夕飯は食べたんだろうか。

頭の片隅に、いつも悟がいる。

息子とはいえ、もう成人しているのだから、必要以上に干渉《かんしょう》するのはよくないと理性でおのれを諭《さと》しても、日々、悟と歳がそう変わらない子どもたちと接しているだけに、ついつい思いをめぐらせてしまう。

「ところで、前年よりも今年はさらに子どもたちの鬱が深刻になっているようなんですよね。そろそろ、うちの病院でも本格的な対応を考えないと」

「でもなぁ……子どもの場合は、見きわめが難しいでしょう。思春期特有の単なる感情の揺れなのか。ほんとうに鬱レベルに達しているのか、大人よりもわかりづらい。すぐに薬に頼るわけにもいかないし。国友先生はどう思います？」

「やっぱり、いま以上にカウンセリングの時間を増やすのが一番でしょうね。スクール・カウンセラーを兼務していても感じることなんですが、子どもの場合は、悪い意味ではなくて仮病《けびょう》が多いから。クラスメイトに苛《いじ》められたり、勉強についていけなかったりという悩みで落ち込んで、体調を崩すことはよくあります。ただ、そこから先が大きな分かれ目で、腹痛や頭痛を軽く見て、一過性のものだと判断してしまうと、仮病がほんとうの病《やまい》になる可能性が高くなります」

心療内科に勤務する医師も看護師も、みな一様に疲《つか》れた顔をしているが、若年層《じゃくねんそう》にまで広く浸透を始めているこころの病にどう立ち向かうべきか、真剣に考えている。

国友もそうだった。昼間に学校で世話した小島やその他の生徒たちの青白い顔を思い浮かべると、もっと本腰を入れて彼らの精神状態に深く入り込まねば、と思う。

「子どもに薬を使う場合は……」

夜の九時を過ぎているが、ミーティングはまだ続きそうだ。国友は小型のノートパソコンを開き、資料のファイルを見るふりをして、他のスタッフに悟られないようメールを書き始めた。仕事中に私的なメールをやり取りするのはまずいが、息子の悟に短いメッセージを送るだけだ。今日は確か、渋谷のスタジオでモデルとしての撮影があると聞いている。互いに忙しい身だから、たまにこうしてメールのやり取りをするが、返事が遅かったり来なかったりすることも当然ある。

――それだけ、悟の世界が広がっている証拠じゃないか。友人とのつき合いもあるだろうし、モデル仲間と飲むこともあるだろうし。

雑誌に載る前から、悟はとにかく女性に異様にもてた。同じ学校の女子生徒が家の近くをうろうろしていることもあったし、電話が直接かかってくることもしょっちゅうだった。それが、本格的にモデルとして活躍するようになってからますます女性が群がるようになったようだ。はっきり聞いたことはないが、いまの悟にはガールフレンドが複数いるんじゃないだろうか。家に連れてきたことは一度もないから、外で会っているのだろうが、どんな子が悟の隣に立つのだろうとときどき思い耽ってしまう。

家に一緒にいるとき、たまに携帯に電話がかかってきて、小声でやり取りしながら自室にこもる悟のうしろ姿を頼もしく思いつつも、――だんだん大人になっていくんだな、とじわりとした寂しさを感じるときがある。

『今夜はもう少しミーティングが続きそうだが、終わったらできるだけ早く帰る。おまえはどうするんだ？　外で食べてくるのか？』

メールを悟の携帯に送り、ミーティングに意識を戻した。感情的にも肉体的にも未発達な子どもたちに、どんな薬を使えばいいのかという問題は、心療内科だけではなく、病院全体が抱える大きな問題だ。効果は強くても副作用が出る恐れのある薬もあるし、次々に薬を変えるのもよくない。

　大人に使える薬と、子ども向けの薬の効果を記した一覧表がスタッフ全員に渡され、論議を続けている最中に、パソコンのメーラーに新着メールが届いたことを知らせるちいさなウィンドウが立ち上がる。件名はないが、アドレスは悟の携帯だ。

『これから帰宅。夕飯、うちで食うなら俺がつくるけど』

　ぶっきらぼうなメッセージに微笑み、すぐに返信を書いた。

『そうしてくれると助かる。でも、簡単なもので構わないから』

　もう少しなにか書こうかと思案して、ひと言、つけ加えた。

『腹を空かせて帰るよ、楽しみにしてる』

　メールの送信ボタンを押したのと同時に、「それじゃ、今日のミーティングはこのへんで終了しましょうか」とスタッフから声が上がった。

「内科や外科に比べたら、僕ら心療内科医は深夜の救急担当に入ることがないから多少は楽だけど、たまに重度の患者さんを診ているときにこっちが寝不足かなんかで心身ともに弱っていると、つい引きずられそうなことがありますよね」

「あるある。外で怒りをうまく発散できずに溜め込んでウチにやってきて、医者の顔を見るなり怒鳴《どな》り散らす患者さんもずいぶん増えましたからね。心療内科医は聞き上手で、なおかつ、きつい言葉はさらっと聞き流すコツを身につけていないと務まりませんよ」

ため息をつく同僚に苦笑しながら頷き、国友はノートパソコンを脇《わき》に挟《はさ》んでロッカールームへと向かった。

「国友先生、今夜、久しぶりに飲みません？　スクール・カウンセラーを始めるようになってから、めったにご一緒できなくて寂しいですよ」

「そうそう、行きましょうよ。最近、いいお店見つけたんですよ」

同僚たちに誘われ、「いや、今日は……」と断りかけたが、隣に寄り添う女性スタッフの藤《ふじ》城有紀《しろゆき》に腕を摑《つか》まれた。

「たまにはいいじゃないですか。国友先生が今日、学校でどんな子を診てきたのか興味があるし。今後の参考に聞かせてくださいよ」

「あ、でも、国友先生のところって確か……息子さんがひとりいらっしゃるんだっけ。もしかして、早めに帰ったほうがいい？」

「うん、まあ。最近お互いに忙しくて、一緒に食事することもあまりないから、今夜はちょっと早めに帰ろうかなと思ってるんだけど」

男手ひとつで悟を育ててきたことは、スタッフ全員がそれとなく知っている。だから気を遣ってくれるのだろうが、藤城は意地でも腕を放してくれない。

「息子さん、もう二十歳《はたち》を超えてらっしゃったんじゃなかったっけ？　大丈夫ですよ。少しぐらいお父さんの帰りが遅くなっても、仕事上のつき合いもあるんだってわかってくれますって」

強引《ごういん》な誘いを無下《むげ》に断るほど、国友はドライな性格ではない。確かにここしばらく、スタッフたちとミーティングはしても、その後の酒までつき合うことは少なくなっていた。

腕を摑む藤城が身体を押しつけてくるのが気になるが、同じ職場の仲間としてモチベーションを維持するためにも、たまには酒の一杯ぐらい、つき合っておいたほうがいい。

「じゃあ、一杯だけ。長時間つき合えなくて悪いけど」

「やった！　じゃあ、早速着替えようっと」

弾《はず》むような足取りで藤城がロッカールームへと駆け込んでいく姿に、同僚の医師がにやにやしながらこそりと耳打ちしてくる。

「藤城さん、前から国友先生に気があるんですよね。知ってました？　あの勢いだと、今夜は一杯だけじゃ帰してもらえないかも」

「またまた、そんな期待させるようなこと言わないでくださいよ」

軽くいなして、白い上《うわ》っ張《ぱ》りを脱いだ。このときが、いちばんこころがゆるむ瞬間だ。

他人のこころを探り、複雑にもつれ合った糸をほぐすような心療内科医という職業は好きだが、患者の前ではつねに冷静を求められるだけに、素の自分に戻れる時間はやはりほっとする。

「息子さんがいらしても、国友先生ぐらい見た目のいい男がバツイチでいまだ独身だと、やっぱ、女性は気になるもんでしょ。しかも、息子さんはとっくに成人してるんだし、問題ないじゃないですか。再婚とか、考えてないんですか？」

年下の医師に言われて、「うーん、そうだなぁ……」とさして深く考えもせずにセーターを頭からかぶった。

見た目がいい、というのは周囲からも患者からもわりとよく言われることだ。目鼻立ちがくっきりし、野性味の強い悟とは違い、穏《おだ》やかで清潔感があるらしい。たまに、実の両親からも、「あんたたち、似てないわよねぇ、親子なのに」と苦笑されることがある。

他人からの見た目の評価が一生の宝物にはならないとわかっている国友は、どんなに称賛《しょうさん》されても、「ありがとうございます」と控え目な対応で終わらせていた。

――悟のように、容姿がウリになる仕事をするとなったら話はまた違うんだろうが、俺はごく一般的な顔だ。

悟の凜《りん》とした顔立ちは、母親譲りなのだろう。いまではもうはっきり思い出せないが、勝ち気で行動力もあった年上の彼女に、若い頃の自分は思いきり振り回されてしまった。三十代ともなると、二歳差なんてどうということもないが、十六歳の自分からしたら十八歳の彼女にはとても抗えない魅力があったのだ。それをそのまま引き継いでいるような悟を見ると、やっぱり血は争えないなとあらためて思う。

自分の子だからこそ、大事に育ててきた。悟にとっては、自分がすべてだったと思う。年を経《へ》るにつれ、同じ年の子の家族を見て自分にはなぜ母親がいないのかと寂しさを感じたこともあっただろうに、そうした愚痴《ぐち》をこぼす子ではなかった。国友がわりと早い段階から、『うちには、お母さんがいないんだ。お父さんしかいないけど、お父さんはいつでも悟の味方だから』と言い聞かせてきたからかもしれない。母親がいない理由を深く聞くことはなく、賢《かしこ》そうな黒目がちの目でじっと見上げてくる悟を抱き寄せると、悟も嬉しそうに肩に顔を擦《こす》りつけてきたものだ。

二十歳を過ぎ、親の立場としても悟をいい加減、ひとりの大人として扱うべきだと考えるのだが、いまだに幼い頃の温かな想い出が消せないから、独り立ちさせるきっかけを見失っているのだろうか。

――学業と仕事を両立させている悟のほうが、俺よりよほど大人かもしれないな。

ロッカーの鏡に映る自分がわりきれない顔をしていることに、ため息をついた。

「国友先生って、見事な親ばかさんって感じですよねー」

その晩の飲み会では、国友を強く誘った藤城に散々からかわれた。仕事が終わった後ということもあってか、きつめにつけた香水が鼻を刺す。

スタッフが新しく見つけたという賑《にぎ》やかな居酒屋で、彼女は最初から隣に座り、こっちが心配になるほど早いピッチで酒を飲み干していく。藤城がかなり酒に強いことは過去何度か飲んだことで知っているが、ほんのりと潤《うる》んだ目をしながら全身でもたれかかられると、やはり困惑してしまう。

ことあるごとに、やわらかな感触や熱を押しつけられた。自分に気がある、というのはどうも冗談じゃないらしい。これ以上ヒートアップされるのを懸念《けねん》して、やんわりと、「そのへんでもう止《や》めておいたらどうですか」と釘《くぎ》を刺した。

「藤城さん、明日も仕事でしょう。ほどほどにしておいたほうがいいですよ」

「えー？　国友先生は明日、お休みでしょ？　だったらいいじゃないですかぁ、たまにはロングでおつき合いしてくださいよ」

ふふ、と赤く塗《ぬ》った口元が笑いかけてくる。それから、いきなりテーブルの下で手を握られた。

ぎょっとして振り返ると、藤城のとろんと酔った顔がすぐそばにある。

「前からあたし、ずーっと、国友先生のこと、いいなぁって思ってたんですよ。もしかしたら、もう誰かから聞いてるかもしれないけど」

「いや、……ごめん、初めて聞いた」

さりげなくごまかして身体を引こうとしても、藤城はねっとりした目つきでますます身体を押しつけてくる。他のスタッフはべつの話題で盛り上がっており、テーブルの片隅にいる自分たちの様子には気づいていないようだ。

「ね、先生。あたし、先生のことが好きなんです。おつき合いしていただけませんか？」

「藤城さん……」

直球で挑《いど》んできた藤城にどう言えばいいのかわからなくて、言葉に詰まってしまった。

「国友先生、いま、フリーなんですよね？　息子さんも成人してらっしゃるって聞いたし、やっとあたしにもチャンスが巡《めぐ》ってきたかなと思って」

「ごめん、藤城さん。きみの気持ちはありがたいけど……いまの俺は、誰かとつき合う気がないんだ」

「それって、前の奥さんに未練があるからですか？　それとも、単に仕事が忙しくて女性とつき合うのが面倒なだけ？　あたしの勘《かん》じゃ、なんとなく後者かなって気がするんですけど」

好意を持ってもらえること自体は嬉しい。だから、できるだけ彼女を傷つけない言葉で一線を引きたいのだが、藤城のほうも長いこと想いを寄せていたせいか、思わぬ強引さで迫《せま》ってくる。そのことが国友を悩ませ、うんざりもさせた。

絡《から》み付いてくる藤城の腕を穏やかに振りほどいても、またするりと蛇《へび》のように迫ってくる。

何度かそんなことを繰り返しているうちに、藤城はなにを勘違いしたのか、くすくすと楽しげな声を上げて笑い始めた。やさしく突き放そうとするやり方が、彼女にとっては色気を交《まじ》えた遊びに思えているのかもしれない。

誰かに助けを求めようとして周囲を見回せば、妙なところで気を遣うスタッフたちはとうに姿を消していて、テーブルには自分と藤城のふたりきりだ。

仕方がない。ここは、自分ひとりでけりをつけなければと顔を引き締めた。

「藤城さん、はっきり言って悪いんだが」

「やぁだ、先生、そんな真面目《まじめ》な顔しないでくださいよ。ね、もう一杯飲みません？　他のひとたち、帰っちゃったし。気にしないで飲みましょうよ」

「あのね……」

てんでひとの話を聞いてない藤城に頭が痛くなってきた。変に気を回してくれたスタッフを恨《うら》みたくなってくる。自分もトイレに行くふりでもして、藤城を置いて帰ってしまおうかと意地の悪い考えが一瞬浮かんだが、すぐに打ち消した。

夜の十一時過ぎ、藤城を放ったらかしにするのは少々心配だ。さすがに飲みすぎているせいか、ろれつが回らなくなってきているし、このあたりで最近、夜遅くの暴行事件が頻発《ひんぱつ》しているのだ。

仕事帰り、塾帰り、男性女性、年齢問わずにバットで殴《なぐ》りつけられるという事件が、先月だけでも三回起きている。繁華街周辺の事件だけに目撃者がひとりぐらいはいるはずだと思うのだが、犯人は電灯が少なく、人通りがちょうど途絶えるルートに差し掛かったひとに、突然襲いかかるらしく、これといった手がかりが摑めていない。

警察も日々警戒を強めているが、いまだ犯人は捕まっておらず、『遅い時間に帰る方は十分注意してください』とあちこちにポスターが張り出される始末だ。

——こんな状態の彼女をひとりにしたら、なにが起きるかわからない。

「んー……せんせい、あたし、ちょっと気持ち悪いかもぉ……」

「大丈夫か？　とにかく、水を飲んで」

完全に身体をもたせかけてくる藤城を慌《あわ》てて支え、諦《あきら》めて会計を終え、タクシーを呼んでもらうことにした。藤城は確か、ここから一時間以上離れた場所に、ひとりで住んでいると聞いている。そこまでタクシーを使うとかなりの金額になってしまうし、かといって、近場のビジネスホテルに放り込んで、あとがどうなるかわからないのも心配だ。

だったら、車で十分ほどの自宅に連れて帰り、酔いが覚めるまで少し休ませればいいだろう。それに、家には悟がいる。自宅に連れ帰ったことがあとで周囲に知られても、疚《やま》しい意味合いじゃなかったことは悟が証明してくれるはずだ。

自分でもお人好《ひとよ》しだなと思うが、藤城は同僚のひとりだし、万が一のことがあっては困る。

「藤城さん、しっかりして。帰るよ」

「んー……やだ、面倒……」

甘えた声を無視して藤城を立ち上がらせ、迎えに来てくれたタクシーに押し込めるだけで汗びっしょりだ。運転手に自宅の住所を告げている間も、藤城は肩口に頬《ほお》を擦《す》り寄せてくる。

完全に酔っているのか、それとも演技なのか見抜けないまま、ドライバーに自宅の住所を告げた。夜の道は空いていて、十分足らずで着いた。

「藤城さん、ほら、着いたから。ちゃんとして」

「ここ……どこですかぁ？」

「俺の家だよ。少し休んだほうがいいから」

肩を貸して車から降ろしてやると、ふふ、と耳元で企《たくら》みめいた笑い声が聞こえた。

「国友先生って、ほーんとやさしい……あたし、そういうところが好きなんです」

「それは嬉しいけどね」

困るんだよ、という言葉を飲み込み、ほとんど抱きつかれるような格好《かっこう》で部屋の扉を開けた。

「悟？　いるのか」

返事はない。室内はしんと静まり返っている。

メールで、『帰る』と言ってからもうだいぶ時間が経ってしまった。せっかく夕食をつくって待っていると言ってくれたのに。なかなか帰ってこないことに腹を立て、どこかに出かけてしまったのだろうか。

悪いことをしたと肩を落とすと、「ねえ、先生？」と甘い声と香りが一層強くなった。

「……先生のお家に連れてきてくれたってことは、いいんですよね？」

「なにが」

「あたしの気持ち、わかってくれたってことでしょう？」

「藤城さん」

首筋にしがみついてくる藤城がにんまりと笑い、ふいにくちびるを重ねてきた。やわらかな感触が欲情をかき立てるはずもなく、身体中がぞわりとするような悪寒《おかん》がこみ上げてくる。

女性に触れなくなって久しいこともあるが、度を超した積極性は国友がもっとも苦手とするものだ。

「……っ……藤城さん、やめなさい！」

「なんで？　どうして？　先生だってあたしのこと悪く思ってないから、放っておかなかったんでしょ？」

「そうじゃない、違う。きみをひとりで帰すと危ないと思っただけだ。やめなさい、身体を離しなさい」

「いやです。先生としたいの、ねえ、いいでしょう？」

ねだるような声とともに胸を押しつけられ、バランスを崩《くず》して床に倒れ込んだのをきっかけに揉《も》み合いになってしまった。女性相手に乱暴を働くのは趣味じゃないが、酔いに任《まか》せて淫猥《いんわい》に誘ってくる藤城を押し返さないと、とんでもないことになる。

もう一度藤城にキスされ、慣れない甘い香りに眩暈《めまい》がする。

「やめなさい、藤城さん！」

思いきり彼女を突き飛ばしてしまいそうな怒りを堪《こら》え、なんとか身体を引き剥《は》がしたときだった。

「――あんたたち、なにやってんの」

「悟！」

鋭い切っ先を思わせるような冷たい声に、ハッと振り返った。室内にいたらしい悟がいつの間にか背後に立ち、襟元が乱れた自分と藤城を冷ややかに見下ろしている。

襟を大きめに開いた濃紺《のうこん》のシャツの袖をまくり、睥睨《へいげい》してくる悟の目の厳しさに、父親ながらも身が竦《すく》む思いだ。

「あ、あの」

突然、悟が出てくるとは思わなかったのだろう。藤城もしばし呆然《ぼうぜん》としていたが、悟の遠慮のない視線にさすがにばつが悪くなったのか、そわそわした様子で立ち上がる。

「父さん、女に押し倒されるのが趣味？」

「違う、彼女は同じ職場のスタッフで――ちょっと悪酔いをしたみたいだから、家で休ませようと思って」

「……ごめんなさい、息子さんがいらっしゃるとは思わなかったから……あたし、変に酔っちゃったみたい」

悟の威圧感に負けたのか、藤城が乱れた服を直しながら少しずつ後ずさる。

「すみません、先生。ご迷惑をおかけして。今日はこれで失礼します」

国友は床に座り込んだまま、さっきまでの泥酔《でいすい》っぷりが嘘のような白々しさを漂わせた藤城

の背中をぼうっと見送っていた。女の顔はいくつもあるというが、藤城の二面性に、まんまと騙《だま》されたというほかない。

「嫌な匂いがする」

無愛想《ぶあいそう》な声に顔を上げると、しかめ面《つら》の悟に腕を強く掴まれて驚いた。

「早いとこ、シャワー浴びてこいよ。俺がそういう匂いが嫌いなの、わかってんだろ」

「悟……」

「メシ食う前に、シャワー。こっちまで食欲失《う》せる」

骨っぽい顔を崩さない息子の強い口調に抗えず、のろのろと立ち上がった。

「ごめん、遅くなって。連絡できなくて悪かった。ちょっと同僚に誘われたんだ」

「そのうえ、家に連れ帰って押し倒されてんのか。趣味悪すぎだろ」

悟が機嫌《きげん》を損《そこ》ねるのも無理はない。くん、と鼻を鳴らすと、チーズの焦《こ》げたいい匂いが漂っている。スタジオからまっすぐ帰ってきて、悟も自分も好物のグラタンをつくってくれたのだろう。

無言ですたすたとキッチンに戻っていく悟に「ごめん」と呟き、足早に浴室へと向かった。

きつい香りから逃れたいのは悟だけじゃない、自分もだ。仕事柄、女性とまったく接触しないというのは不可能だが、今夜のアクシデントは予想外だった。

多少酔っていたとはいえ、同僚の女性に抱きつかれ、キスを求められて混乱していた自分は、悟の目にどんなふうに映っていただろう。

——情けない父親だと思われただろうか。でも、悟がいてくれてよかった。あれ以上、彼女に迫られていたら、いくらなんでも突き飛ばすか殴るかしていたかもしれない。

しつこく迫ってきた藤城に色気を感じることは微塵《みじん》もなかった。ただもう、身体の隅々《すみずみ》から彼女の匂いを洗い流すことで頭が一杯で、のぼせるほどに熱いシャワーに打たれ続けた。

頭から足の爪先まで全身を隈無《くまな》く洗う中、ついさっき、悟に急に腕を摑まれたことをぼんやり思い出していた。

ひとりで出歩かせるのが心配な子ども時代ならともかく、いまの悟があんなふうに触れてくるのは、まれだ。二十歳を過ぎても親にべたべたと甘えるほうがおかしいし、こっちとしても、もし悟がいつまでも触れたがってくるようだったら、母親がいないせいでこうなったのかと悩んでいただろう。

悟の成長の方向性は正しいはずだ。

こころが複雑に惑う思春期を過ぎ、大人への階段を順調に上がっていく悟を見るたびに誇《ほこ》らしく思う反面、寂しくも思う。

なにも疑わず、無邪気《むじゃき》に指を絡めてくれた時間はとうに終わったのだ。普通ならば、悟ぐらいの年代は、自分の父親と話すことさえ疎《うと》んじる。親に触るのも嫌だという子どももいるが、それは成長過程における当たり前の反応だ。母親と娘なら年の離れた女友だちのようになるケースもあるが、男親と息子は反発し合うことのほうが多い。同じ血を持ち、「育ててきた」「育ててもらった」と互いにわかっていながらも、いずれは自分も家族を持ち、養っていくのだという自負《じふ》を無意識に持っているから、父親と息子がライバルのような立ち位置になることはままある。

自分も少し酔っていたせいか、悟に腕を引っ張られたとき、まったく抗えなかった。あんなに力強い手をしているなんて、知らなかった。

「……ほんとうに大人になったんだな」

もうもうと立ち上る湯気の中でひとり呟き、胸に溜まるせつなさをシャワーで流しきり、ようやくすっきりしたところで外に出ると、洗面台で悟が手を洗っていた。

悟が顔を上げ、鏡越しにちらりと視線が合った。獰猛な色をかすかに浮かべた悟にもう一度、「ごめんな」と謝り、バスタオルで身体を拭う。髪の先まで濡れきっていたのでごしごしとタオルで強く擦っていたが、剣呑《けんのん》な気配に目を上げると、悟が洗面台に軽く腰掛け、射抜《いぬ》くような視線を向けてくる。

「まだ、匂うか?」

——まだ、怒ってるのか? そう聞こうとしたが、さすがに親としての言葉ではない気がしたので、喉元《のどもと》まで出かかったのを直前ですり替え、火照っている肌の匂いを嗅いだ。鼻腔《びこう》をくすぐるのは、悟とおそろいのいつもどおりのボディシャンプーの香りだ。

長めに伸ばした前髪をかきあげ、悟は狙《ねら》い澄《す》ましたような視線のまま、深いため息をつく。その仕草が妙に男っぽく、つい目を留《と》めてしまう。

悟も視線をそらさない。探るような、透かすような、試すようなきついまなざしを受けているうちに、しだいにこころの内側にうっすらとした闇《やみ》が広がっていくのは気のせいだろうか。

――悟はいつから、こんな目をするようになったんだ？

風呂上がりだし、親子だからとくに気にしていなかったが、当たり前のように素肌を晒していることがいたたまれなくなるなんて、どういうことだろう。

職場のスタッフには散々もてるだのなんだのとからかわれたが、実子である二十歳の悟から見たら、自分なんてとっくに中年の域に差し掛かり、裸なんて見られたものではないはずだ。

他人のこころの中にある固い結び目を根気強く解《と》きほぐす心療内科医として、ストレス発散と運動不足の解消を兼ね、毎週末にはテニススクールに通っているおかげで、三十六歳のいまになっても、身体は引き締まり、肌もなめらかなほうだ。

とはいっても、やはり悟の若さには勝てない。

ぎこちない感じで顔をそらし、張り付くような視線を意識すまいとしながら身体中に散る水滴を拭い続けた。

尊大な感じで、悟が最初の矢を放った。

「父さん、下の毛が生えたのっていつぐらい？」

「え？」

唐突《とうとつ》な問いかけに目を見開いた。悟は平然とした顔をしている。

どういうつもりで聞いているのだろう。父親の裸をあますところなくじろじろ眺《なが》め回し、十六歳も若い自分とはやっぱり違うとでも思っているのだろうか。

「どうしたんだ、急にそんなこと聞いて」

「興味があるだけ。教えてよ、いつぐらい？」

「中学生、ぐらいかな」

男親と息子なら、こういう会話のひとつやふたつ、あるだろう。ただ、いままでの自分たちにはなかったというだけだ。女親と娘だって、成長過程にある身体の変化について相談し合うのはよくあることだ。そう驚くことじゃないと自分に言い聞かせ、なんとか冷静に答えたつもりだった。

脱衣所の扉をふさぐように立ちはだかる悟は、さらに声を深めてきた。

「じゃあさ、精通はいつ？」

「……悟」

息子の口からさらりと性に関する言葉を聞き、唖然《あぜん》としてしまった。

これがもし、十歳ぐらいの子どもの質問だったら、もう少し穏やかに答えられていたかもしれない。

十歳前後は性的な事柄についての好奇心も高まる年頃だ。そのとき、そばにいる大人が変に言葉をごまかさずに正しい知識を与えてやれば、自然と昂《たか》ぶる好奇心もなだめられるだろうし、いつかほんとうに誰かと関係を持つ日が来たとき、相手を思いやるこころを持つこともできる。

長いこと、心理療法士として経験を積んできた国友は多くの子どものこころに触れてきているだけに、性に興味を持たれることそのものには慣れていたつもりだった。

しかし、目の前にいるのはとうに自分の背を追い越し、確実に大人の男へと育ちつつあるひとり息子だ。

精通というのは、性的に成熟していく過程で生まれて初めて射精を経験することだ。精液が過剰に生産された結果、夢精という形で体外に放出したり、好奇心で性器を弄《いじ》ったりして射精し、強烈な快感を知るのだ。

それをいつ体験したのか、と息子に問われて口ごもるのは当たり前ではないだろうか。いくら親ひとり子ひとりの生活を続けていくうえで、隔《へだ》たりのない関係を築いていこうとこころがけていても、国友自身の性的なこと、いわゆるセックスに繋がることをダイレクトに聞かれるとは思っていなかった。

「……なんでそんなことを聞くんだ」

掠《かす》れた声に、悟はわずかにくちびるの端《はし》を吊《つ》り上げるだけだ。そんな笑い方を見たのは初めてで、ますます不安に胸が揺れる。

親の脆《もろ》さを見抜き、馬鹿にしているのだろうか。危なっかしい問いかけにうろたえているのが可笑《おか》しいのか。

久しぶりに言葉を交わしたと思ったら、あまりにもディープな話題で、さすがにうまく切り返せない。全身を舐《ねぶ》り回すような視線が急にいたたまれなくなってきて、湿《しめ》り気を帯びた身体をタオルで慌ただしく拭った。その間も、悟の追及は止まらなかった。

「さっきの女とつき合ってんの」

「違う。ただの職場の仲間だ」

「あっちはそう思ってないみたいだけどな。雌犬《めすいぬ》みたいに発情しまくって、父さんにのしかかってたじゃねえか」

「悟、そういう言い方はやめなさい。あのひとはただ酔ってただけだ」

攻撃的な言葉をたしなめながらも、鋭い視線に耐えかねてバスタオルを下肢《かし》に巻き付け、悟を押しのけて脱衣所を出たが、すぐに腕を摑まれ、二階の寝室に押し込まれた。隣は悟にあてがっている部屋で、ここは自分だけが寝る部屋だから、ダブルベッドがぽつんと置いてあるきりだ。

「父さんも酔ってた？　だから、さっきの女に簡単にキスさせたのかよ。あの女、父さんに舌入れてきた？」

「悟！」

抱きすくめるような格好でベッドに押し倒され、国友は唖然とするしかなかった。実の父親が目の前で見知らぬ女性と触れ合っていたことが、そんなにもショックだったのだろうか。

悟には数えきれないほどの女友だちがおり、すでに多くの性交渉も経験しているはずだ。それぐらいは、いちいち聞かなくてもわかる。人気雑誌のモデルを務めていれば、黙っていても相手のほうから寄ってくるだろう。

精悍《せいかん》な面差《おもざ》しに釣り合う長身の引き締まった身体で、どんな女性を抱くのだろう。親として、息子のそんな場面を一度も想像したことがないとは言わない。だが、悟の前ではできるかぎり、笑顔で接してきたつもりだ。

たったひとりの親として、なにがあっても味方であることを信じてほしかったから、悟が幼いときから、スキンシップを欠かさないようにしてきた。普通ならば、母親がぎゅっと強く抱き締めてくれるような場面を、男親である自分がすべて務めてきた。悟が転んで泣いたときも、母親がいないことを同級生に残酷《ざんこく》にからかわれて悔し涙を流して帰ってきたときも、テストで頑張っていい成績を取ってきたときも。

些細なことだとしても悟の頭をくしゃくしゃと撫で、笑顔を交わし、全身を抱き締めてやった。自分が与えてやれるものはなんでも、と思っていたのは間違いない。母親ならではの柔らかな温もりには勝てないだろうが、抱き締めてやる強さはいつでも持っていたつもりだ。

なのに、なぜいま、その息子に組み敷かれているのか。いい大人であるはずの父親のみっともないところを目の当たりにし、逆上しているのかもしれない。

「すまなかった。おまえに誤解させるようなことをして……彼女とは、ほんとうになんの関係もない」

悟をなだめようと努めて静かな口調で言ったが、逞しい身体を淫猥な感じで押しつけてくる息子はまるで話を聞いておらず、鼻で笑い飛ばす。

「舌、入れさせたのか」

「……そんなことはしていない！　悟、もうやめなさい、どきなさい」

「最近、女とセックスした？」

「してない、なんでそんなことばかり聞くんだ」

「じゃあ、男とは？」

「悟……！」

ぐっと顎《あご》を押し上げられ、闇の中でも強い光を宿す目に射抜かれた。

ここ数年、言葉を交わすことも少なくなり、日に日に大人びていくと感慨深《かんがいぶか》く見守っていた悟の中で、蓄積されていた強い情欲が一気に形を成して、鋭い刃物のようにあらぬ方向――親である自分に向かってくることに、息が詰まりそうだ。

「落ち着きなさい、なにを考えてるんだ」

「全部言わないとわからないほど、父さんは馬鹿じゃないだろ」

「悟……っ！」

下肢に巻き付けていたタオルの上からいきなりペニスを強く握られ、痛みに呻《うめ》いた。

「……他人に軽々しく触らせてんじゃねえよ。酔うと、いつもあんなふうにされてんのか？」

「やめろ、悟！　違うんだ！」

突然のことに青ざめ、必死にもがいた。

普通の親子のような触れ合いでは、けっしてない。いたずらのような意味合いでもない悟のそれは確かに愛撫《あいぶ》で、血の繋がりがあり、実の父親である国友の性器を弄り回し、昂ぶらせようと執拗《しつよう》に絡み付いてくる。

「さとる……っ」

悪夢のような展開に答えられるはずもなく、息子の広い背中を叩いてひどく反発したが、それが返って悟に火を点《つ》けたようだ。

「さっき、あの女には簡単に押し倒されてたじゃねえか。なんで俺は駄目なんだよ」

「おまえは俺の息子だろ！」

「それがなんだよ」

「こういう、ことは、女性とするもので、俺は――」

けっして目をそらそうとしない悟の意志の強さに、言葉の終わりが掠れていく。

「その続きは？　あのさ、冗談でこういうことすると思うか？　ないだろ？　誰が普通、自分の親父に欲情するっていうんだよ。あんな女で性欲の処理をするぐらいなら、俺のほうがましだろ? 俺がやってやるよ」

にやりと笑う悟の悪辣《あくらつ》な声音に、眩暈がしてくる。全身から熱を発する悟が嚙《か》みつくようにくちびるを重ねてきて、悲鳴のような抵抗はすべて飲み込まれた。

「ん……——っ、ん……っ!」

乱暴に舌を絡めて吸い上げるやり方に悟の本気を感じ取って、背筋がぞわりとざわめく。ついさっき、汗を流したばかりの背中がじわっと熱を帯びていくことに頭がおかしくなりそうだ。逞しい悟の体軀《たいく》を無理やり擦りつけられ、まともに息もできない。

「ん……っ、……う……」

悟の髪を摑んで引き剝がそうとしても、全力でのしかかってくる息子の狂的な腕から逃れられない。抵抗すればするほど顎をきつく摑まれて唾液《だえき》をとろりと流し込まれ、悟の味を敏感な口内で覚えさせられた。嫌だと頭を振って抗っても許してもらえず、くちびるを何度も嚙まれ、甘痒《あまがゆ》い痛みがだんだんとそこから身体の深いところにまで広がっていくようだった。

——どうしてこんなことになってるんだ。悟は、どうして俺にこんなことを?

突然の息子の暴走を止める手だてはなく、舌をきつく、甘く吸われて、意識が朦朧《もうろう》としていく。ただでさえ、今夜は酒が入っていて、不甲斐《ふがい》なくも女性の藤城に押し倒されてしまう場面もあった。だからといって、息子の悟とこんなことをしていいはずがない。

「……な……っ、悟……やめ……っ！」

なかなか反応しないことに焦《じ》れたのか、悟がおもむろに身体の位置を変え、国友の性器を口に含んだ。

「……っぁ……！」

じゅるっ、じゅぽっ、と舐《な》めしゃぶる口淫《こういん》に遠慮もためらいもまったく見あたらず、ただひたすら国友を追い詰めてくる。力の入らないペニスの先端を甘く嚙まれ、たまらなく熱い舌がひたりと竿《さお》に張り付いてくる。ときどき漏《も》れる悟の荒々しい呼気が柔らかな内腿《うちもも》にあたるたびに腰が跳《は》ね、異常な状況下でも国友自身を少しずつ奮い立たせてしまう。

「一度イッておきなよ。そのほうが楽だから」

「……馬鹿野郎、なに言ってるんだ……！」

咥《くわ》えられたまま喋られて、微妙な震えが新たな快感を生み出してしまう。何度もしつこく亀頭を舐り回され、先端の割れ目に舌をくにゅりと埋め込まれてしまえば、もう限界だった。ここ数年は仕事に没頭していたせいで、女性と寝ていなかった。セックスをしたくてたまらないという歳ではないから、このまま枯《か》れていくのもいいかと思っていたのだが、熱情の源泉を実の息子に探り当てられるなんて悪夢もいいところだ。

「っ、ぁ、ぁ、……っ！」

どろりとした熱いほとばしりが飛び出し、悟が喉を鳴らして飲み込む。根元を摑まれたまま、ごくりと悟の喉仏が動くのを信じられない思いで見つめていた。

「……これが父さんの味か。結構、濃い。だから、俺もこういう性格になったわけ？」

自分を生み出した基《もと》である精液の味に、悟が皮肉っぽく笑いながら白い滴《しずく》が垂れ落ちるくちびるを旨《うま》そうに舌なめずりする。

実の息子に性器を弄《もてあそ》ばれた挙げ句に咥えられて射精するなんて、嘘だ。冗談だとしか思えない。悟も酒を飲んで悪酔いしているのだろうか。いや違う、酒の匂いなど少しもしなかった。たちの悪い薬をやっているふうにも見えない。

――だったら、どうしてこんなことをする？　父親を欲求不満の捌《は》け口にするなんて正気の沙汰《さた》じゃない。

達したばかりで力が入らないが、淫《みだ》らにくねる舌が尻の狭間《はざま》にまで忍び込んできたときには、一瞬、許し難いほどの怒りに襲われ、悟を蹴り飛ばそうとした。しかし、そうしたこころの揺れも悟は早々に見抜いていたのだろう。素早く身体を起こすとシャツを脱ぎ落とし、汗ばんだそれで国友の両手首をぎっちりと頭上で縛り上げた。

想像を上回る荒っぽい行為に、目を剝《む》いた。その隙《すき》を狙い、悟は肌を炙《あぶ》るような視線で射竦《いすく》めてくる。

「ほんとうに誰にも触らせてないか？　さっきの女が触ったのって、くちびるだけ？　他は？　正直に打ち明けるならいまのうちだぜ。他人に触らせたところがあるなら、俺が全部痕《あと》をつけ直す」

「悟！」

囁《ささや》くような恫喝《どうかつ》に、本気で身が竦む。

なにをきっかけに、これほどの執着《しゅうちゃく》を抱くようになったのだろう。強引に抱かれる事実も怖いが、悟のこころに巣くう執念深《しゅうねんぶか》さには身震いさえする。

「俺がこれからなにをするか、想像できる？　できるよな、他人のこころを見抜くのが父さんの仕事だもんな。――そのへんの女とやるよりも俺とやったほうがよっぽど満足するってこと、いまからたっぷり教えてやるよ」

次々に投げつけられる言葉が息子のものだとは到底思えない。

「悟、やめろ……、おまえは、なにを言ってるんだ……やめてくれ、頼むから……」

語尾が震えていくのが情けなかったが、自分でもどうしようもなかった。暗闇の中で悟が素肌を晒し、熱く、硬く猛《たけ》る肉棒を国友に見せつけるように誇らしげにみずから指で扱《しご》き上げ、先端から垂れ落ちた濃い滴をくちびるに擦り付けてくる。

なにもかもが狂っていく。正しい常識やルールが端から急激に欠けていく。

二十年にわたって築き上げてきた親子という関係を、今日になっていきなり突き崩そうとする悟がなにを考えているのか、わかるはずもない。

「悟……っ……！」

唾液で濡らした指が窮屈《きゅうくつ》な窄《すぼ》まりの中へと挿《はい》ってくるのを感じて、思わず声がうわずった。

未知の異物感にざっと血の気が引いた。性器を弄られるだけでは終わらないのか。

——本気で俺を犯すつもりなのか。

国友もうぶではないし、医師としても、男同士の性行為でアナルを使うことは知っている。ただし、あくまでも知識としてだけで、自分の身体で知ろうとは一度も思わなかった。

「っ、ぁ——……ッ……」

「やっぱキツイな……一本飲み込むのがやっとじゃないか」

囁く悟の指がくの字に曲がり、襞《ひだ》をゆっくりと撫でさする。慣れない圧迫感と、摩擦されることでだんだん熱を帯びていくことに眩暈がして、声を殺すのも難しかった。

「いや、だ……も、う、……頼む……抜いて……抜いて、くれ……」

「なに言ってんの？」

涙ながらに懇願《こんがん》しているのに、悟は笑うだけだ。

「こんなにキツイところにいきなり挿《い》れたら、父さんがつらいだろ。俺、結構でかいしね。だから、少しでもゆるめてやってるんだろ」

「そう、じゃなくて……！」

行為そのものを止めろと言っているのに、悟と交わす言葉はことごとく食い違っていく。

中をかき回す指が二本に増えて、ますます苦しい。けれど、それが悟自身のものを想像させて、瘧《おこり》のような震えがこみ上げてくる。

「あ……あぁ……」

悟のものは、こんなものではすまないはずだ。指でぬるぬると擦られ、もったりとした重苦しい快感が窮屈なだけの違和感を突き破って滲《にじ》み出しているが、悟自身を受け入れてしまったら、感覚という感覚にスイッチが入り、きっとおかしくなってしまう。

吐き気とこのうえない恐怖感に身体が竦む一方なのに、悟が手をゆるめる気配は微塵もない。二本から三本と指を増やしてぐちゅぐちゅと肉襞を擦り、国友が知らなかった熱を暴《あば》き立てていく。

「そんなに力入れんなよ。俺が挿れやすいように、もっとゆるめて」

「そ、んなこと……できるわけないだろ、……っ」

大切に、ずっと大切に育ててきた息子に犯されるという場面で、誰がたやすくひれ伏せるというのか。

――ずっと、なにがあっても味方でいようと思っていた。そう思っていたのは俺だけだったのか。

同性の親を憎むなら、まだわかる。同じ性を持ち、同じ血が流れていることに理不尽《りふじん》な嫌悪感を抱き、ろくに口をきかなくなるケースは多々ある。また、間違った関係だとしても、母親が実の息子と肉体関係を持ってしまうというケースも、まれにある。息子の目から見たら母親というのは絶対的な存在で、最初に意識する女性だ。母親としても異性である息子に肉親以上の情を抱いてしまい、赤の他人に触らせるぐらいなら自分が、と一線を踏み越えてしまう者もいることは、仕事上知っている。

だが、自分の身体で知るつもりはなかった。三十六年の間に培《つちか》ってきたモラルを、まさか自分の息子に崩されるとはほんとうに思っていなかった。

「あ……っ……」

無理やりゆるませられた窄まりにひどく生々しい肉塊が押し当てられた。奥歯が割れるほどに強く噛み締めていないと、理性を繋ぎ止める最後の糸がぷつんと途切れてしまいそうだ。

——悟に犯される。いままで大切に育ててきた息子に、俺はほんとうに犯されるのか。

悟に腰を摑まれ、四《よ》つん這《ば》いにさせられた。尻を高々と上げなければいけない格好に涙が止まらない。

意識はきわどくぎりぎりまで昂ぶり、狂的な欲に駆られた悟のすることすべてを刻《きざ》み込もうとしていた。

「……父さん」

腰骨を摑み、熱っぽく囁く悟が背後からひと息に押し挿ってきた。

いままでに一度も経験したことがない痛みをともなった灼熱《しゃくねつ》が、ずくん、と身体の奥深くへと突き刺さってくる。指なんかとは比べようもない、硬く太く反《そ》り返《かえ》ったものに串刺《くしざ》しにされて、息が止まりそうだ。

「……っぁ……！」

下肢がどろどろに蕩《とろ》けそうに熱い。想像を超えたすべての痛みと苦しさがそこにあった。悟がじりじりと腰を突き挿れてくる時間は長く、気を失いそうだ。完全に勃起《ぼっき》した悟のものは思っていた以上に大きく、初めて男を受け入れる身体にはつらすぎる。

「……う……う……」

奥歯を嚙み締め、シーツをかきむしった。目尻が熱い。

引き裂かれる、というのがぴたりと当てはまるような行為だった。硬い肉棒を咥え込まされ、肉襞を強引にせり上げられていく国友が悔し涙をシーツに染み込ませる背後で、ようやく悟が息を吐き出す。

「やっと、全部挿った。……父さん、苦しい？　少しは気持ちいい？」

「……、っ……」

絶対に声を上げない。それだけがいまの国友にできる精一杯の抵抗だ。可愛がってきた息子に陵辱《りょうじょく》され、無理に感度を高められたとしてもまやかしだ。一度でも悟のすることに応《こた》えてしまったら、自分が許せない。悟のことも深く憎むという選択肢しかなくなる。

「キツイ、最初からこんなに締めつけられたら、ヤバイだろ。……でも、すごくいい。思ってたのより……ずっといい」

汗ばんだ胸をそらし、どこか陶然《とうぜん》とした声で悟が深くはめ込んだまま奥を突き上げ始めたとたん、強張《こわば》っていた粘膜《ねんまく》が一気に火照り出す。

国友の身体が疲れきり、力が抜ける瞬間を、慎重《しんちょう》に見計らっていたのだろう。親子で繋がるという背徳感《はいとくかん》を微塵も感じさせない狂暴さが恐ろしくて、逃げることもままならなかった。

「っ……いやだ、……いますぐ、やめ……ッ……」

「いまさら遅いって。こんなに深く挿れさせておいてさ……」

「う……ァ……っ」

男を受け入れたことがない肉襞をゆるやかに擦り立てられ、ひとつ間違えば手放しで泣きじゃくりそうだった。悟のそれは雄々《おお》しく反り返り、最奥に突き込んだ状態で動きを止めた。まるで、悟の形そのものを襞の隅々にまで覚え込ませるかのように。

最初のうちは、ただ太いもので串刺しにされているという印象しかなかった。頭の中まで突き抜けそうな焼け火箸《ひばし》を早く抜いてほしい。呼吸もできない状態から早く抜け出したい——そう考えていたはずなのに、はめっぱなしの悟がわずかに身じろぎしただけで、彼の侵入を固く拒《こば》んで強張っていた肉襞がじわりと潤んで火照り、国友の意思に反して激しく脈打ち出す。そうなったらもう、最悪の展開しか待っていない。

試すように、反応を窺《うかが》うように悟は狡《ずる》く、ゆっくりと腰を揺らめかせ、国友の粘膜がどんどん熱を増して、肉棒にひたりと淫猥にまといつくのを確かめている。

こんなのは嫌だ、いますぐやめろと泣きながら訴えたつもりだが、声にならなかった。それよりも生身で感じる悟の逞しさに圧倒され、気が狂いそうだ。

「こんなにキツイってことは、他の男にはさせてない証拠だよな」

「……っく……！」

ずるっと引き抜かれるのと同時に、全身がたわむほどの痛みと衝撃がこみ上げてくる。突然、熱塊を失った内側が無意識にひくついて締まることを自覚し、死にたくなるほどの絶望感に襲われた。

短時間のうちに、強引に悟のものを覚えさせられた内側が蠢《うごめ》き、初めて知った複雑な感覚をさらに追おうとしてしまう。それを見逃すほど、悟も馬鹿じゃない。

「最初が肝心《かんじん》なんだよ、こういうのは。——徹底的にやってやる。つらかったら、途中で気絶でもしておきなよ。それでも俺はやめないから。目が覚めたときに、まだ俺は父さんの中に突っ込んでると思っときな」

言うなり、悟が尻に指を食い込ませてきて、深く、激しく貫いてきた。ぐしゅぐしゅと抜き挿しされることで、前よりさらに奥に熱を孕ませられ、国友は必死に喘《あえ》ぎを殺そうとしたが、突き動かされるたびにどうしても声があふれ出してしまう。

「あ、ぅ——っ……ぁ……っ」

残酷な事実を忘れまいとするおのれの意識の頑なさをなじり、獰猛に動く悟の熱に応えまいと血が滲むほどくちびるをきつく噛んだ。

「……っ……ぅ……っ」

「締まり、よすぎだろ。こんなに熱くてぬるぬるしてるなんて……癖《くせ》になる。これから、毎日するから覚悟しとけよ。……あんたが女の匂いをつけてくるから悪いんだよ。ずっと俺と同じ匂いでいてくれれば、こんなふうには……」

低く呟く悟に揺り動かされ、抉《えぐ》り込まれる時間が延々と続き、途中で電源がぶつんと落ちるように意識が何度か途切れた。

けれど、気づくと、悟がまだ自分の中にいて、獣《けもの》がたったひとつしかない潤みに顔を突っ込んで貪《むさぼ》り食らいついてくるような酷《こく》な現実と向き合わされた。

腹を空かし、我を忘れた獣同然の悟に、国友は為《な》す術もなかった。


たった数時間の出来事で、人生のすべてが狂わされる。

日が経つにつれ、そのことが胸に強く食い込んできて、国友は時間を忘れるようにして仕事に打ち込んだ。

いまの自分から仕事を抜いたら、なにも残らない屑《くず》になる。息子の悟に犯されたという事実から逃れたいがために何人もの患者と向き合い、彼や彼女のこころの微妙な動きを冷静に読み取ることだけに意識を傾けたことで、周囲からの評価は上がる一方だった。

「国友先生、最近、ますます励《はげ》んでらっしゃいますよね。でも、あんまり根を詰めないで。医者の不養生《ふようじょう》って言葉があるじゃないですか。先生にいきなり倒れられたら困る患者さんがたくさんいるんだし」

「ありがとうございます。でも、これぐらいは平気ですから」

同僚の気遣う声をかわし、毎日毎晩、無数の患者のこころへと分け入り、その難解なルートをカルテに逐一《ちくいち》書き留めることに没頭した。

――これから毎日してやる。

ふと気をゆるめると、悟のあの声がよみがえる。そのたびにびっしょりと汗をかき、身体の芯から震えてしまう。

彼の言うとおり、連日、犯されていたら、いま頃とっくに精神的な破綻《はたん》をきたし、社会的にドロップアウトしていただろう。幸いにしてそうならなかったのは、悟がモデルとしての仕事で、ハワイに出かけたからだ。

たった数日間家を空けるだけでも、悟は出かける寸前まで気がかりだったらしく、国友の身体中を探り、シャツを着ていても透けて見えてしまいそうな濃いキスマークをそこかしこにつけていった。

『戻ってくるまで、誰ともするなよ。そのとき、俺と違う匂いをつけていたら――どうなるかわかってるよな?』

玄関先で肩をきつく摑まれて脅《おど》され、国友は壊れた人形のようにひと言も発することができなかった。いつもなら、『気をつけていってこいよ』とか、『帰ってきたら、一緒にメシを食おうな』とか、当たり前の親子らしい言葉をかけて送り出していたはずだが、その前の晩に散々貪られていた立場としては、なにも言う気になれなかったのだ。

数日だけでも、顔を見なくてすむ。

そう思うとほっとしたが、逆に同じぐらいの罪深《つみぶか》さも感じて、国友をひどく悩ませた。

悟があんなふうになってしまったのには、やはり自分に責任があるのだろうか。自分の血を引くたったひとりの大切な子どもだと思ってきただけに、ちょっとしたスキンシップも欠かさなかったのがまずかったのか。

──俺が、深く踏み込みすぎたんだろうか。愛し方が間違っていたんだろうか。

なにをどう振り返ってみても混乱するばかりで、筋道立てて整理することができない。他人のこころを見抜くことはできても、自分のことになるとうまくいかない。

カルテから暗い目を上げ、ひとりきりになった勤務先の病院内にある心療内科医のためのワークルームを見渡した。もう、午前二時過ぎだ。今日はどの医師も看護師も終電で帰ったため、ワークルームには国友しかいなかった。棟が違う外科や内科では、深夜になっても救急患者が運び込まれてくる。少し前も、聞き慣れたサイレンがかすかに聞こえてきた。

「……医者の不養生、か」

同僚の言葉が奇妙なカーブを描いたナイフのように、いまさらになって胸を深く抉る。机の片隅には、悟の大学入学時に、記念で撮ってもらったふたりの写真を銀色のフォトフレームに入れて立てかけていた。だが、あのことがあってからフレームは机の抽斗《ひきだし》のずっと奥深くにしまい込んでしまった。

近親相姦《きんしんそうかん》という重い悩みを誰かに打ち明けたくても、絶対にそんなことはできないと理性が頑なに歯止めをかけてくる。医者という立場である以上、どこで誰に顔を知られているかわからないのに、迂闊《うかつ》に胸の裡を明かせるものか。

最近では、電話で気軽に相談できる心理相談室というのもはやっているようだが、それにもやはり抵抗がある。顔を知らない相手にこちらも身元も名乗らず、ただ悩みをぶちまけても根本的な解決にはならないことを、国友は仕事柄、熟知《じゅくち》していた。

時間をかけて複雑に入り乱れたこころの悩みを解きほぐし、深く刻まれた傷を少しずつ和《やわ》らげていくのには、悩んだぶんの倍以上の時間と根気が必要だ。

けれど、どうしても、喋りたくない。日に日に胸にわだかまる黒い煙《けむり》はゆるりと不気味に渦《うず》を巻き、このまま放っておけばいずれ、ほんとうに病んでしまいそうだとわかっていても、他人にこの苦しみをわかってほしいとは思わなかった。

重苦しい悩みを押し隠し、現状を維持したいなら、とにかく仕事をするしかない。翌日も国友は勤務先の病院に顔を出したあと、すぐ近くの高校に寄った。

　ここ最近、午前中からしょっちゅうカウンセリングルームに青い顔をして駆け込んでくる生徒のひとりに、田端実《たばたみのる》という男子がいる。まだ二年生だが、進学校だけに早くも受験対策は始まっており、田端も相当の重圧に悩まされているのだろう。

「田端くん、どうした?」

「……頭が痛くて」

　小柄な田端は朝から顔色が悪く、左のこめかみを押さえてうつむいている。熱も脈も測ったが、正常な範囲だ。

「昨日はちゃんと眠れた?　今朝のごはんは?」

「あんまり……食欲も、ほとんどないです」

「そうか。眠れないのはちょっとつらいね」

　思いやるような言葉に、固い顔をしていた田端がぎこちなく微笑んだ。彼がここ頻々《ひんぴん》に頭痛や腹痛を訴えてくるのには、迫り来る受験へのプレッシャーとともに、クラス内で苛《いじ》められていることも原因にあるようだ。カウンセリングルームに来るとき、田端はかならず鞄《かばん》も持ってくる。身の回りのものは教室に置いて相談にやってくる生徒が多い中、鞄をしっかり抱え込んでいる田端に違和感を覚え、『どうして鞄を持ってくるの』と最初の頃に訊ねたら、黙って、びりびりに破られたノートや教科書を見せられた。ついでに、学生服で隠れた左の臑《すね》のあたりにいくつも痣《あざ》ができていることも知った。どうやらクラスメイトに軽い暴行を受けたようだ。

『他のひとには言わないでください。ばれたら、もっと苛められるから』

陰湿《いんしつ》な苛めを黙認することは、スクール・カウンセラーとしても、ひとりの医師としても道理に反するが、田端の必死な目に、ひとまずは、『わかった』と言った。

『でも、もし次にこんなことがあったらひとりで悩んでいちゃだめだよ。とにかく、なにかあったら僕のところにおいで』

そう言ったら、田端はやっと嬉しそうな顔で、『はい』と頷いていた。

女子生徒と並べても目立たない細身の田端は口数が少なく、なにを言われても黙っているような節がある。勉強ばかりで気が立っているクラスメイトのいい餌食《えじき》になっているのだろう。

本来なら、『受験勉強も大変だろうけど、気をしっかり持って頑張って』とはっぱをかけて教室に戻すべきなのだろうが、クラス内でも居場所を見失っている田端にそんなことは言えない。白っぽいくちびるをしている田端に、国友は、「少し寝ておこうか」と声をかけた。

「保健室のベッド、今日はまだ誰も入ってないから。ゆっくり寝ていていいよ。お腹が空いたら目を覚ませばいいから」

「いいですか？　あの、担任の先生とかクラスの奴には……」

「大丈夫、僕のほうでちゃんとやっておくから」

「国友先生、ありがとうございます」

ほっとした顔で立ち上がりかけた田端が、軽く呻いて腰を押さえてよろけた。

「大丈夫か？」

慌てて支えると、田端の袖口《そでぐち》からちらりと青痣が見えた。切り傷も見えた気がしたので、国友は顔を引き締め、渋る田端をもう一度椅子に座らせた。

「この傷はどうしたんだ？　自分で転んでできたわけじゃないよね」

傷口に触れないよう、そっと袖をまくり上げると、左肘《ひだりひじ》のあたりまで痣が点々と散らばり、引っ掻《か》き傷ができている。前よりかなりひどい暴行の痕だ。血が滲んで固まったままのそれを注意深く消毒している間、田端はずっとうつむいていた。

「田端くん、この傷はどうしたんだ？」

「べつに、たいしたことじゃないです」

「そういう問題じゃないだろう。前にも、こんな傷をつくっていたことがあったよね。あのときと一緒？」

クラスメイトにやられたのか、と暗に訊ねると、目を合わせないまま田端はこくりと頷く。

国友の目の行き届かないところで苛めは一層エスカレートしているのだ。

困ったことになったな、と内心ため息をついた。ここまではっきりとした暴力沙汰《ぼうりょくざた》を目にしてしまったら、さすがに後には退《ひ》けない。

「最近、ずっと苛められてるのかな」

「……目が合うと蹴られたり、殴られたりしてます」

完全にクラス内のスケープゴートにされているようだ。このまま無理に登校させ続けるのはよくない。生気のない声に、「少しの間、学校を休んでみようか」と言うと、びっくりした目が返ってきた。

「無理です、絶対休めません。うち、親もうるさいし……そういうの、絶対に許してくれない」

「学校でどんなことされているか、ご両親は知らないの?」

「知りません。言いたくない」

「言いづらい?」

田端がまた頷く。

「……俺がなにを言っても、どうせ聞いてないから、うちの親」

ぽきんと折れてしまいそうな声を聞くだけで、田端の家庭がどんなものか、うっすらと透けて見えてくる。身なりはいつもきちんとして、言葉遣いも悪くない。標準以上の家庭環境にあるのだろうが、そこに当たり前の愛情がないのかもしれない。親と子ども、家に車というある程度の舞台がそろっていればいい、見た目が整っていれば問題ないと考える人間が年々多くなってきていることを、国友は実感している。

誰もが他人の目を必要以上に気にし、こころの中身をおろそかにする時代だ。その考えがひどくなればなるほど、一番繋がりが強いはずの家族関係を疎《うと》ましく感じ、赤の他人に、自分のいいところだけを見せようと躍起《やっき》になる。

――だから、こういう子が出てくるんだ。ひどい暴行を受けても親に相談できない、田端のような子が。

彼の親が冷たいのか、田端自身が距離を置く子なのか、はっきりしたことはわからないが、放っておくわけにもいかない。

家でも学校でも落ち着けない子をどうすればいいのか。保健室で数時間だけ休ませるのは、あくまでも応急処置でしかない。しばらく悩んだ末に、「こういうのはどうかな」と提案してみた。

「少しの間、僕の家に来るかい？」

「え……」

田端の目が本気で丸くなった。

「僕の家は二十歳の息子とふたり暮らしなんだ。男だけだから、気兼ねしなくていい。客用の部屋もあまってるし」

「でも……、そんなことしたら先生が怒られるんじゃないですか？」

「いや、うん、まあね。越権行為《えっけんこうい》だから、表沙汰になるとちょっとまずい。ただ、過去にも何度かこういうことはやっているんだ。倫理上、お預かりするのは男子生徒だけだよ。家族と離れたところで数日過ごしてみると、混乱しきっていた問題が案外、すっきりするもんなんだよ」

生徒の一時避難場所として、シェルターのようなことを引き受けるのは同僚にも内緒だ。

患者を家にまで入れると、医師として冷静に線引きできなくなるという当然の考えがあるのだが、このまま田端の悩みを聞くだけで後は本人任せ、たらい回しにしてしまって、傷を深めてしまうのは絶対によくない。

これがある程度大人ならば、自分で自分の生き方を探し出してもらうのだが、未成年者の田端には、まだ誰かの手伝いが必要だ。

「無理は言わない。家のほうがゆっくりできるようなら、それが一番だし……」

「あの、お願いします。国友先生の家に置いてください。邪魔になるまではいませんから――ちょっとだけ、落ち着くまででいいから。なんでもしますから。食費とか滞在費とか、そういうお金も払います」

田端が身を乗り出し、懸命な様子で頭を下げる。

「お金のことは気にしないで。ただ、異例のことだから、誰にも言わないでほしい。僕としては、カウンセラーとして、きみの精神状態が少しでも和らぐことを祈ってるんだ。……息子の悟はきみと歳が近いけど、そんなにうるさい性格じゃないから、落ち着くと思う」

「はい、ありがとうございます」

「じゃ、とりあえず、お家の方に連絡してみようか」

この話が実現したら、悟がどう出るか、不安がないはずはなかった。自分に手を伸ばしてきたとき以来、まったく変わってしまった息子が、赤の他人を受け入れるかどうか、正直なところ自信はない。

だが、国友にとっても、これはいわば保険だ。これまでにも何度か、問題を抱えた子どもを家に連れ帰ってゆっくり話を聞いてやったことがあるが、泊まらせるのは今回が初めてだ。

――見知らぬ他人を預かることで、悟も冷静になるかもしれない。あれは、一時の激情に駆られて、俺に対する不満やいろんなものが爆発しただけのことだ。

自分に言い聞かせるようにして、田端の実家の連絡先を聞き、電話をしてみた。まだ昼間だったが、母親が出た。

身元を名乗り、田端の健康状態や家での過ごし方を聞いているうちに、相手のろれつが回っていないことに気づいた。

どうも、酔っているらしい。

「そういうわけでして、もし、ご両親の賛同が得られれば、田端くんを数日、僕のところでお預かりしたいのですが」

『そうですか……、先生の判断にお任せします』

「あ、あの、お母さん」

眠そうな声であっさりと了承されてしまい、慌てた。いくら男子高校生といえど、顔を合わせたこともない学校関係者の自宅に数日泊まらせることを簡単に頷くとは、田端の親の教育はどうなっているのだろう。

『うちにいたって……、どうせその子、ろくに話しませんから。先生の家で預かってくれるなら助かります。なにかあったら電話ください』

「じゃあ、携帯電話の番号を教えてください」

だるそうな声で告げられた番号を急いでメモ帳に書き留めるなり、母親は挨拶《あいさつ》もなしにがしゃりと電話を切った。

その様子を逐一、固唾《かたず》を飲んで見守っていたのだろう。田端が脇から顔を出してきて、ぺこりと頭を下げた。

「……すみません。うちの母親、一日中ずっと酒を飲んでるんです。もともと強いほうだったんだけど、最近ちょっとひどくて」

「お父さんはこのことを知ってるの？」

「帰ってこないんです、うちに」

「え？」

「たまにしか、帰ってこないんです。愛人……いるみたいで」

見れば、激しくまばたきする田端の耳が赤く染まっている。自分の家の恥を晒すのがつらいのだろう。

崩壊した家庭に帰ったところで落ち着けるわけがないことをようやく理解し、国友はなんでもないふうに、「そうか」とだけ言い、とにかく田端をゆっくり休ませることが先だと思い出して、隣の保健室へと案内した。

「授業が終わったら一緒に帰ろう。担任の先生にも事情を話すが、もちろん、クラスメイトには内緒にしてもらうよう、僕がちゃんとしておく。きみが落ち着くまで、うちにいていいよ」

「はい、ありがとうございます、先生」

制服のジャケットを脱ぎ、ベッドにもぐり込む田端が熱っぽく嬉しそうな視線を毛布の縁《ふち》から送ってくる。それから、おとなしく瞼を閉じて眠りについた。

田端のように、自分でもどうしていいかわからないこころのもつれを、外側から冷静に解きほぐし、どうにかしてやりたい。そう思って、この職に就《つ》いた。

——血の繋がった悟とあんなことになっているのに、俺はさらに難問を抱え込もうとしているのか。でも、それが俺の仕事だ。弱っている子どもを見捨てておくことはできない。一時的にでも普段の環境から切り離してやることで、気分が変わる。考え方を変えることができる。

ハワイでのロケから悟が日本に戻ってくるのは、今夜だ。彼も、数日間、家を離れていたことで、頭が冷えたんじゃないだろうかと思う。

あの夜のことは単なる衝動で、なにかの間違いだったと思い直したんじゃないだろうか。

そうあってほしいと強く願いながらも、どうしても消せない疑惑が胸の奥底で渦巻いている。

さまざまなこころの悩みを扱ってきた国友自身、悟のように唐突な力をふるうケースは初めて見たものだ。

実の親に手を出す——怒りに任せて殴る、蹴るというのではなく、濃密で性的な行為を強要する子どもは、ほんとうに衝動だけに突き動かされているものなのか。

——悟を甘く見ると痛い目に遭《あ》うかもしれない。用心したほうがいい。そのためにも、この子をしばらく預かるのはいい案だ。彼がいてくれれば、悟もそう簡単に手を出してこないはずだ。

安心しきって眠る田端の横顔を見つめながら、じっとくちびるを噛んでいた。


夜の七時過ぎ、田端と駅前のスーパーで買い物をしていくことにした。悟の帰宅は確か九時過ぎの予定だが、その前に田端にはなにか食べさせておいたほうがいい。

学校を一歩出たとたん、田端は饒舌《じょうぜつ》になり、足取りも軽くなった。

「先生、俺、お邪魔してほんとうにいいんですか？　いまさらですけど迷惑じゃありませんか？　……悟、さんでしたっけ。俺がいきなりお邪魔したら怒りませんか」

「大丈夫だよ。悟は大学生なんだけどバイトもしてるから、あまり家にいないんだ」

「へえ、どんなバイトですか？　あ、俺、このシャンプーを使ってるんです」

食材を買うために寄ったスーパー内の一角で、田端がプラスティックボトルを手に取る。昔からテレビのコマーシャルでよく見かける商品で、ボディシャンプーも一緒になった徳用パックを買いたそうな田端に、「うちにも、そういうのはあるよ」と一応言った。

「田端くんが嫌じゃなければ、髪と身体を洗うシャンプーがそろってる」

「でも……俺、ずっと前からこれを使っていて、落ち着くんです。旅行用のミニサイズのやつ、自分で買いますから」

たかだか風呂場で使うものに難癖をつけたくないのだが、匂いにうるさい悟のことを考えると、即座に「いいよ」とは言いづらい。

だが、弱気になるこころを叱《しか》るおのれもいるのは確かだ。

——こんなことでいちいち困るんだったら、どうして彼を引き取ると決めたんだ。数日とはいえ、他人と暮らすことになったら悟が怒るのは目に見えている。でも、もう二度とあんなことを引き起こさないためにも、まったく知らない誰かを介入《かいにゅう》させて、悟と一線を引かなければ。

いままで、ひとつの匂いしかしなかった家の中に違う匂いを呼び込む。そうすることで、悟の目を覚ますことができるはずだと国友は信じ、田端が手にしていたミニサイズのシャンプーをスーパーのカゴに入れてやった。

夕飯は、悟の好きなカレーをつくることにした。念のため、田端にも「カレー、好き？」と聞いたら、「好きです」と笑顔が返ってきた。

ぽつぽつと喋りながら駅前を抜け、電灯が灯《とも》る住宅街の奥にある一軒家の前で足を留めた。

「ここが先生んち？　結構大きいんですね」

「大きいだけだよ。親から譲り受けたから、もうずいぶん古いんだ」

住宅街のはずれにある木造建築の４ＬＤＫは、そろそろ改築が必要な頃合いだ。

悟を引き取ってからそういくらも経たないうちに国友たちは地元を離れ、三つほど離れた区内でこの家を買った。長く親しんだ町を去るのは寂しかったが、口さがないひとがいないというわけではなかった。悟を気負うことなく育てていくためにも、地元を離れ、新しい人間関係を築いたほうがいいという結論に達したのだ。

年老いても元気な両親は数年前に暖かい九州に引っ越し、田舎暮らしを楽しんでいる。

父ひとり子ひとりという生活で住むところに困らなかったというのも、幸運のひとつだろう。

田端を招き入れて家の中をざっと案内した。

「トイレは一階と二階の両方にある。二階は悟と僕の部屋。田端くんは、リビングの隣の洋室を使ったらいい。風呂場は、キッチンの隣。着替えはどうしようか。パジャマなんかは僕のものを貸せると思うけど。学校で使う教材も持ってきたほうがいいよね」

「明日、家に取りに行ってきます。あ、俺にも夕飯の支度、手伝わせてください」

学校での無表情さが嘘のようにはしゃぐ田端が制服のジャケットを脱ぎ、シャツの袖をまくって隣に立つ。

慣れた手つきで玉ねぎ、にんじんと刻んでいく国友の横で、田端は、「すごいなぁ……」と素直に驚いている。

「先生、料理が得意なんですね。なんか、テレビの料理番組を見てるみたいだ」

「やっているうちに慣れるもんだよ。最初のうちは俺だって何度も失敗したよ。包丁で指先を切るのなんかしょっちゅうだったし。料理は悟のほうがうまいかな」

「先生って、ずっと悟さんとふたり暮らしなんですか？　奥さんは？」

「うん……、悟が生まれたときに亡くなったんだ」

プライベートな部分にするりと踏み込まれて一瞬言葉に詰まったが、当たり障《さわ》りのない嘘をついた。

——悟を押しつけて母親は逃げた、なんて言ったら、この子を動揺させるだけだ。自分の母親にさえ希望が持てない状況で、俺の事情を聞かせるわけにはいかない。

「いいですね」

「田端くん？」

仄暗《ほのぐら》いものを感じさせる声に振り向くと、一口大に刻んだじゃがいもを水にさらしている田端が口元だけで笑う。

「うちの母親も、最初からいなかったらいいのに。国友先生みたいなひとが父親だったらよかったのに」

明るい声から一転、感情を欠いた声に眉をひそめた。

「昼間から酒に溺《おぼ》れている奴を母親なんて呼びたくない。気持ち悪い」

「田端くん、気持ちはわかるけど、そう早まらないで。きみがご両親と距離を置く方法は――」

なにかしらあるはずだよ、となだめたところで玄関のほうで扉が開き、暖かい空気が流れていく。あ、と国友が声を上げるよりも早く廊下を歩く足音が聞こえ、長い影がキッチンに踏み込んでくる。

「――誰、これ」

「悟、……予定より早かったんだな」

キッチンの壁にかかる時計の針は八時を過ぎたばかりだが、ダウンジャケットにデイパックを背負った悟は顔ひとつ動かさず、「帰りの飛行機の便を一本早めた」と言うだけだ。

「で、これ、誰?」

顎をしゃくる悟の鋭い視線に、田端は可哀相《かわいそう》なほど萎縮《いしゅく》してしまっている。たった三歳違うだけだが、悟のほうが頭ひとつぶん身長が高く、モデルをやっているだけあって身体も引き締まっている。第一、全身から発する威圧感が普通じゃない。

「彼は、俺がカウンセラーとして通っている高校の生徒だ。田端くん、これがうちの息子の悟」

「あの……、初めまして。しばらく、お邪魔します」

「しばらく? どういうこと」

田端の言葉に、悟はあきらかに不審《ふしん》そうだ。早いうちに説明しておいたほうがいいと感じて、国友は悟の腕を摑み、「ちょっとこっちに」とキッチンから連れ出した。

「田端くん、リビングで少し休んでて」

「はい」

おとなしく従った田端を目の端に置き、悟と一緒に廊下へと出た。

数日ぶりに顔を合わせる悟は少し日灼《ひや》けをしたようで、骨っぽい顔立ちが迫力を増している。

――この手に無理やり抱かれたことを、いまは思い出すな。あれはもう終わったことだ。二度と思い出さない。口にも出さない。

深呼吸して、顔を上げた。

「田端くんを数日間、家で預かることになったんだ。いまの彼の家庭環境は最悪で、学校でもひどい苛めを受けている」

「だからって、個人的に父さんが預かるわけ？　それって医者として許されることなのか」

「一般的には……許されないと思う。でも、放っておくわけにもいかない。数日でも家にいてもらう間に、なんらかの解決策を探したいんだ」

「へえ、そう。たった数日で赤の他人のこころを探れる？　それが父さんの仕事だとしてもさ」

廊下の壁に寄りかかって腕を組んでいる悟が、大きく息を吐き出した。

「違う匂いがするってだけで俺が嫌なの、父さんはよく知ってんだろ。なんで俺の了承もなしに他人を家に引き入れるんだよ」

それを言うなら、俺の了承もなしに身体に触れるなと言いたかったが、口に出してしまえば最後、またあの悪い夢が始まるかもしれない。

「とにかく、数日間……一週間、二週間は彼を預かる。これが俺の仕事だ。悟には迷惑をかけない」

「そう願いたいね」

皮肉っぽく笑う悟はくるりと背を向け、二階へと上がっていく。そのうしろ姿を追っている間、悟のほうからあの夜の話を一度も切り出してこなかったことに、鳩尾《みぞおち》が浮き上がるような不安を感じていた。

——それでいいじゃないか。ハワイに行っている間に悟も意識を切り替えて、いま頃、『どうして実の父親と肉体関係なんか持ったんだか』と自分のしたことにうんざりしているはずだ。とにかく、悟があの一件をなかったことにしてくれるなら、こっちもいままでどおりの顔を貫けばいい。

リビングに戻ると、田端はソファの手すりに頬杖をついて足を組み、テレビに見入っていた。リモコンを勝手に弄り、チャンネルを何度も変える。その態度は、ついさっき初めて他人の家に上がったものとは思えないほど堂々としていて、内心ちょっと驚いた。

気がちいさいとばかり思っていた田端の知らない一面を目の当たりにしたからといって、国友も顔に出すほど経験が浅いわけではない。

――守ってくれる誰かがいる場所なら、少しは気がゆるんで当然だ。

「あ、先生。すみません、勝手にテレビ見てて」

目が合うとにこりと笑う田端と一緒に、つくりかけのカレーに戻った。

「あの、悟さん、気を悪くしてませんか？　俺……迷惑なら、家に帰ります」

「大丈夫だって。悪いね、気を遣わせて。悟もいい大人なんだが、たまに人見知りすることがあって」

「でも、すごく格好いいですよね。背も高いし、日灼けしてたし。バイトって、なんですか？」

「モデルだよ。雑誌の」

「そうなんだ。あとでその雑誌、見せてくださいよ」

自分とはまったく雰囲気《ふんいき》の違う悟に嫌われたくないのか、田端の気遣う言葉がいたましい。つねに、他人の顔色を窺《うかが》うことを強《し》いられてきたのだろう。本人からすれば苛められないための自衛本能だろうが、おどおどした卑屈《ひくつ》な態度に苛つく者もいる。だから、苛められるのだ。

二階で悟は荷解《ほど》きをしているのか、食卓の用意が調《ととの》うまで顔を見せなかった。

カレーのいい匂いが家中に満ちる頃、やっと悟が下りてきて、いつもどおり国友と向かい合わせに座った。田端が迷わずに国友の隣に腰掛けるのを悟がちらりと睨《にら》んでいたが、なにか言うつもりではないらしい。

国友の仕事柄、生徒が家に訪れることは過去何度かあっても、泊まらせるまでに至るのはこれが初めてだ。生活をともにしている悟も気分的に落ち着かないかもしれないが、普段は学業とバイトに明け暮れ、家に帰ってくるとすぐに寝てしまう。

——だから、ほんの少しの間、我慢してほしい。

正面に座る悟と目が合ったとき、こころに訴えた言葉が届いたかどうかわからない。

「うん、今日のカレーは旨い。田端くんが手伝ってくれたからかな」

「そうですか？　でも俺、野菜を洗ったり切ったりしただけだから」

国友の言葉に田端が嬉しそうに頬をゆるめる。悟は黙ってスプーンを口に運んでいる。

点けっぱなしのテレビでは、ニュース番組をやっていた。

『……深夜の暴行事件が昨晩、また起きました。被害者の女性は夜遅く、仕事からの帰宅途中に背後からいきなり棒状のようなもので殴りかかられましたが、幸い、軽症でした。犯人の特徴はいまだ掴めておらず……』

女性アナウンサーの神妙な声に、スプーンが止まってしまう。この間、泥酔《でいすい》した同僚の藤城を放っておけなかったのは、この一連の事件が近所で発生しているためだ。金品を奪われた者はおらず、ただむやみに殴られるだけだというのが冷え冷えとしたものを感じさせる。

生活に困り果てた挙げ句に他人を襲い、金を奪うのも許されるべきことではないが、ある程度理屈がとおっている。だが、今回の事件には、犯人の理不尽《りふじん》な憤《いきどお》りしか感じられない。

『苛立つから』

そんな理由だけで見知らぬ弱者を痛めつけ、鬱憤《うっぷん》晴らしをする者が抱えるこころの深淵《しんえん》と向き合った経験が、国友にも何度かある。自分より弱い者に力をぶつけることでしか達成感を覚えられない者というのは、正直、心理療法士としても救いがたい存在だ。泣いて許しを請う被害者の姿に快感を覚える者もいるからだ。

こういった手合いには最初から社会不適合者もいれば、経験を重ねてだんだんと壊れていく者もいる。どちらも手強《てごわ》い存在だが、他人を傷つけることの経験をひそかに重ねながら社会に馴染《なじ》んでいるタイプのほうが見抜くことそのものが難しい。普通に話しているだけなら、穏やかだったり、控え目だったりする者が抱えているこころの傷というのは見えづらく、一方的に溜まりがちで、本人も明かしたがらない。

――それが、なにかをきっかけにしてスイッチが入り、途方もない怒りに繋がって、ある日突然、他人を傷つけることになる。

暗澹《あんたん》たる思いでニュースを見終え、「ふたりとも、気をつけて」と声をかけた。

「悟も田端くんも男だから対処できるだろうけど、帰りが遅くなるときは十分に注意してほしい。今回の犯人は無差別にひとを襲っているようだから」

「わかりました。気をつけます」

田端が真面目に頷く正面で、悟は無言だ。カレーをお代わりしているところを見ると、食欲はちゃんとあるようだ。

食後の皿を洗うと田端が言い、悟は「風呂に入る」と言ってリビングを出ていってしまった。

ハワイでのロケはどんな具合だったのか聞いてみたい気もしたが、そういう気分ではないのだろう。田端と皿洗いを終えたあと、彼に使わせる洋室に布団を敷いてやった。

「あ、先生、もしかして、悟さんがモデルで出てる雑誌ってこれですか?」

リビングのソファの隅に積んであった雑誌をめざとく見つけた田端に、「ああ、うん」と頷いた。

「へえ、……ホントだ、悟さんが出てる。スゴイですね。俺と三つしか違わないなんて嘘みたい。大人っぽくて格好いい」

顔を合わせた直後は緊張していたが、歳の近い先輩格として、田端の目にも悟は憧れの男に映るのだろう。正直な称賛に苦笑し、「本人に言ってくれよ」と言って食後の紅茶を淹《い》れてやり、トイレに行くため席をはずした。

一階にもトイレがあるが、悟が入っている浴室のすぐ隣だけに、二階の奥にあるトイレを使いたい。

シャワーの流れる音をかすかに耳にしながら足音を立てずに二階に上がると、悟の部屋の扉がわずかに開いていた。ちゃんと閉めずに階下に来たのだろう。扉のノブを摑んでそのまま閉じようとしたが、ふと、薄い灯《あか》りが漏れていることに気づいて室内をのぞき込んだ。

悟に個室を与えるようになったのは、中学生になった頃だろうか。我が子とはいえどプライバシーは守りたいだろうからと、二階の一室を『おまえの部屋だよ』と与えたとき、悟は喜び半分、寂しさ半分の顔をしていて、『宿題するときはいままでどおりリビングでしてもいいんでしょ』と言っていた。国友も、『もちろん』と言い、笑顔でじゃれついてくる悟の宿題に根気強くつき合ったものだ。

「……もう、昔の話だよな」

いつから、悟は自分の隣に座らなくなったのだろう。いつから手を繋ぐことを拒絶し始めたのか。無邪気な笑顔を見なくなって久しいのに、つい数日前には、スキンシップを通り越した暴挙《ぼうきょ》に出てきた。

暗い室内を見回すと、シンプルな机と椅子、ベッドと本棚があるぐらいだ。

ベッドの上でほんのり輝いているものを見つけて近づいてみると、小型のノートパソコンだ。確か、二年ほど前に買ってきたものだと国友も覚えている。

蓋を閉じきっていない状態のそれを持ち上げてみると、綺麗な海や夕陽が楽しめるスクリーンセイバーが起動している。いまどきの子どもがノートパソコンを持っているのはめずらしくもなんともない。

だが、なんとなく興味をそそられて蓋を開いて、キーに触れてみた。スクリーンセイバーが終了し、国友も仕事で日常的に目にするデスクトップ画面が現れる——はずだった。

「パスワード……？」

真っ赤な夕陽の映像が止まり、パスワードを要求するダイアログが画面中央に出てきた。

パソコンには個人情報が詰まっている。大学やバイト先にも持っていくため、パスワードをかけておくのは当たり前かもしれない。パソコンのそばには携帯電話も放り出してあった。

二つ折りの携帯電話を開くと、案の定、ロックがかかっていた。

悟が自分の情報に対して非常に慎重になっているとわかったところで、なぜか妙に胸が騒ぐ。

血を分けた息子が、まったく知らない世界との繋がりを持っているとしたらどうすればいいのだろう。雑誌モデルをやっているぐらいなのだから、個人情報を厳しく管理するのは当然だ。親と一緒に住んでいる家の場所や電話番号を簡単に他人に知られたら困るし、大学のゼミで使う資料や個人的に書き留めていることなどもたくさんあるのだろう。

——個人的に書き留めていること。

ふわりと、煙のようにあの夜の出来事がよみがえる。昨日まで誰よりもよく知っていた息子が、まるで他人のように思えたあの夜。身体中のあちこちに歯を突き立てられ、舐められ、ねじ込まれた屈辱の夜を、悟とてけっして忘れていないはずだ。

——あんなことを、一時的な怒りに流されてやるはずがない。俺に手を出してきたのには、なにか理由があるんだろうか。あるとしたら、このパソコンや携帯電話の中に理由が隠されているんだろうか。

機械の中に秘密を打ち明けているのかもしれないという考えに取り憑《つ》かれてしまったら、俄《が》然《ぜん》、パスワードを破りたくなる。携帯電話のメモリーに誰が登録されているかということも知りたいが、やはり、パソコンのほうが気になる。

思いつきのままに、さまざまなキーワードを打ち込んでみた。名字、名前、誕生日はありきたりすぎて駄目だった。名前と誕生日をかけ合わせてみても駄目だ。そういえば、と思い出し、悟の大学での学籍番号を打ち込んでみた。大学入学直後に教えてもらった番号を、なんとはなしに記憶していたのだ。だが、それも空振りに終わった。

「……誰でも思いつきそうなものじゃパスワードにならないよな」

ため息をついて、パソコンの蓋を閉じた。

あの狂ったような夜がどうしても忘れられない。

考えすぎだとは思うが、たとえば、悟が派手なモデル業界と繋がるうちに多くのひとと知り合い、違法の薬を売るような人物と接触していたとしたら。ドラッグでトリップした結果、自分に手を出してきたとしたら。

――俺の身体はどうであれ、もしほんとうに悟がドラッグにはまっているとしたらなんとしてでも止めなければ。ドラッグをやっていると決まったわけじゃないけれど、あの夜の悟は手がつけられないほどに逆上していた。同僚の女性を家に連れてきたことだけが、俺を襲うきっかけになるだろうか？　悟はそんなに馬鹿じゃないはずだ。今夜だって、田端を連れてきたことに不満そうな顔をしていたけれど、あの夜みたいに激怒したわけじゃない。

しばし考え込んでいたが、そうだ、風呂に入っていた悟がもうすぐ戻ってくるはずだと気づき、慌てて部屋を出て、自分の寝室に行きかけたときだった。

「なにやってんの、そんなところで」

「……悟」

はっと振り返れば、悟が湿った髪を拭いながら裸足《はだし》で階段を上ってくる。まだ汗が引かないのか、パジャマの前を開けっ放しで逞しい胸がちらりと見えた。

目が合ったとき、先に怖《お》じけたほうが負けだとわかっているのに、狙い定めるような切れ長の視線にはどうしても及び腰になってしまう。

顔をそらし、「俺も、風呂に入ろうかな」とつっかえつっかえ言って脇をすり抜けようとしたが、腕をきつく摑まれ引き戻された。

「風呂はあいつが入ってるよ」

「あいつ、って」

「父さんが連れてきた奴。なに、あれ？　――もしかして、ああいう奴を連れ込めば俺が黙るとでも思った？」

にやりと笑う悟の犬歯に、ぞくっと悪寒のようなものが背筋を駆け抜ける。なにか言う前に二階奥のトイレに押し込まれた。

「なに、するんだ……！」

鍵を内側からかけた明るい個室で扉に身体を押しつけられ、激しく揉み合ったが、どうしても悟の強さに負けてしまう。

非難混じりの吐息が漏れ出るのと同時に、正面から抱きすくめてきた悟が両手できつく尻を掴んできた。

「悟！」

両手の指がいやらしく蠢き、スラックスの上から尻肉を揉みほぐしてくる。強引な指遣いは、あの夜とまったく変わらない。それどころか、一度知った旨味をさらに深く追い求めようとする貪欲《どんよく》さまで感じられて、これがほんとうに自分の息子なのかと怖くなる。

「まさか、あのときのことを冗談だとでも思ってた？」

「やめろ、悟、やめなさい！」

半狂乱になって悟を押しのけようとしても、力に差がありすぎる。

言っている間にも悟は床にしゃがみ込み、国友のスラックスのジッパーを歯で咥えて引き下ろす。

目が合った。情欲を色濃く浮かべた悟の笑う目に、身体中の血が熱く沸《わ》き立つ。

すとんと布地が落ちるのを防ぎたくて内腿に力を入れたが、悟の大きな両手に阻《はば》まれてうまくいかない。

「しゃぶらせろよ。ロケで離れてる間、父さんの精液の味、何度も思い出して自分で抜いた。

あれから誰かとしたか?」

「し、てない……離せ、ほんとうにやめてくれ、なんなんだ……、この間からどういうつもりなんだ!」

「誰ともしてない? だったら、今夜も濃いはずだよな。この間みたいに俺の口の中にたっぷり出せよ。父さんのこれ、ホント、癖になる……この形も匂いも、味も、すげえいい……ずっと咥えててやりてえよ。いまさらしゃぶり癖がつくとは思わなかったぜ。俺がフェラ好きになるとは父さんも思ってなかっただろ」

「……っく……ぅ……」

根元を痛いほどに摑まれて、脂汗《あぶらあせ》が浮かんだ。一歩間違えれば陰嚢《いんのう》を揉み潰されそうだが、きわどいところで痛みから快感にすり替えるような愛撫には内腿が激しく震え、はらわたが煮えくり返る。

ボクサーパンツの上から性器の形に沿ってちろちろと舌を這《は》わせる悟のしつこさと言ったら、言葉にならない。

下着が唾液で肌に張り付くほど濡らされた。国友の意志に反して性器が硬く引き締まり、ねっとりと疼《うず》くような快感が身体の奥からせり上がってくる。

悟はもったいぶって下着の縁から亀頭だけをのぞかせ、ちゅぷ、くちゅっ、とくちびるの間に挟んで吸い上げてくる。ときどき、舌を大きくのぞかせて、国友にもはっきりとわかるように舐め回すことまでした。先端の割れ目に舌をくにゅりとねじ込まれてくすぐられると、一気に身体の力が抜けてしまうことを、もうとっくに知られているのだろう。意識が朦朧としている間に下着を引きずり下ろされた。

自分の息子にいいように翻弄《ほんろう》されている悔しさを込めて睨み付けたが、じゅぽっと根元から強く吸い上げられると、鮮やかに渦巻く怒りや苦しみの中に思わぬ快感が混ざり込んでくる。

竿《さお》をねろりと舐り回す悟はいかにも楽しげだ。国友を狂気の縁へと追い詰めていることを悪いとは微塵も感じていない目だ。

「声、出せよ。あいつに聞かしてやれよ」

「……っ……」

二階のトイレと、一階の風呂場やトイレとは配水管が繋がっている。下手に声を上げれば、風呂に入っている田端にも勘づかれてしまうかもしれない。

——それだけは避けたい、絶対に嫌だ。

なぜ、悟が親の自分に手を出したがるのかまったくわからないが、それを知るよりも先に、この秘密を他人の田端に知られるほうがもっと嫌だ。

「黙るな。俺のすることに素直に感じろよ。それとも、あいつのほうが気になるのか？」

「っ、ん……ぁ……ぁ……」

くさむらに顔を埋《うず》める息子にじゅぽじゅぽと音を立ててしゃぶり立てられ、膝《ひざ》が細かに震え出す。悟に腰を摑まれていなかったら、床にへたり込んでいたはずだ。

先端を甘嚙みされて、ぬるんと唾液ですべるくびれを何度も指で扱かれて、もう我慢できなかった。ただでさえ、性的なことから遠ざかっていた身体なのに、久しぶりの相手がまさか自分の息子になろうとは思っていなかったのだ。

衝撃がねじくれて深い快感を呼び起こし、「——あ」と国友は汗ばんだ背中をそらしてきつく瞼を閉じた。どくん、と脈打つ身体から放たれる熱を旨そうに飲み干す悟の喉の動きを、この目で見た。この間は暗闇の中だったからはっきりとわからなかったが、今夜は灯りが点いたトイレで無理やり昂ぶらされた。

悟の喉仏がごくりと動き、旨そうに何度も舌なめずりする。癖になった、というのは嘘じゃないのかもしれない。

「あ……あ……」

「やっぱ、いい。父さんの、濃くておいしい」

扉にすがる手のひらが汗で濡れていた。達したばかりで敏感になっているのに、悟はわざとなのか、先端の蜜口を舌先でくりくりと舐め拡げてくる。今夜はその先の行為までしないようだが、性器への執着はひどすぎて言葉にならない。

「も、う、離せ、やめろ……痛い、から、やめてくれ……」

「まだ出る。ほら、まだ残ってるだろ」

舌先で小孔を抉られ、とろりとした残滓《ざんし》を啜《すす》り出されると頭の底までじぃんと痺《しび》れるような深い熱に覆《おお》われ、正しい判断ができなくなってしまう。

「父さんのここ、まだパンパンになってる。もう一回出せそうだな。もしかして溜めやすいのか？」

蜜で張り詰めた袋を舌でつつかれてびくんと電流のような痺れが走り、涙が滲んだ。性的な奴隷《どれい》にされているよう感覚が、たまらなく嫌だ。

男なら、誰でもある程度愛撫されれば否応なく感じてしまう。この間のように力ずくで挿入されるとなったらまた話が違うが、濃密なフェラチオをされて感じるなというほうが無理だ。しかも、悟の舌遣いは巧《たく》みすぎて、逃げたくても逃げられないほどの快感をひそめている。

「全部、俺に飲ませて」

「なんで、……こんな、こと……俺はおまえの父親じゃないか、ちいさいときから面倒を、見てきた、んだ……おしめを替えて、ミルクも、やって……」

「だから、なに？　あんただって感じてるじゃん。俺の口の中で射精しただろ」

「言うな……もう、言うな！　俺じゃない奴を抱けよ、おまえにはたくさん相手がいるだろう、普通の女の子を抱けよ！」

「もう一度勃《た》たせてやるよ。感じさせてやるから、出せよ、たくさん」

頬を熱くして小声でなじっても、意に介さない悟が立ち上がってジーンズの前を下ろし、勃ちきったものを国友のそれに擦りつけてくる。

熱も硬さも自分とはまったく違う肉棒を触れ合わせ、くちびるを重ねるだけで、また意識がゆるく蕩け出す。

殴ってでも蹴ってでも、――殺してでも、この場を離れなければ。悟を止めなければ。

そう思うこころを、悟は確かに読み取っているのだろう。立ったまま、互いに剝き出しにした性器を強めにくちゅくちゅと擦り合わせ、国友がたまらずに吐息を漏らすと、自分のものを扱きながら再びしゃがみ込んで舐め回してくる。大きな手の中で、赤黒く怒張《どちょう》した悟の性器がむくりと跳ね打ち、透明な滴を垂らしている。

――こんな狂った性欲を持つ男が、俺の息子なのか。可愛かった悟はどこにいったんだ？

「……また硬くなってきた。いい感度してるよな」

低く笑う悟の熱っぽい舌で性器をくるみ込まれ、ああ、と声にならない声で喘ぎ、国友は悟の髪をきつく摑み上げた。死にたくなるほどの背徳感と快感がない交ぜになって、呼吸困難に陥《おちい》りそうだ。

その痛みに、悟が怒ればいい。罵《のの》しって行為を中断してくれればいいと願ったが、悟の情欲は怒りを上回る。

「さ、とる……」

「もっと。もっとイケるだろ。もっとやらしい顔見せろよ。あんたの精液、もっと飲みたい」

駄目だと言っているのに責め立てる声が、狭いトイレの壁に反響する。せめて、この声が階下にいる田端に聞こえないよう、祈るしかない。

悟に触られれば触られるほど、鋭利なものが剝き出しになっていく。これまでずっと、他人の胸の中にしか見えなかったしなやかな狂気の切っ先が、いまでは自分の中にもかすかに見え始めている。

狂うのだろうか。狂わされるのだろうか。この先も息子に犯され続けるのだろうか。

「……悟……」

舐る音が耳にこだまし、気が遠くなりそうだ。

自分に対する悟の性欲が、一時的な衝動でもないとわかったとき、国友はこれまで築き上げてきた人生が足下からがらがらと崩れ落ちるような喪失感《そうしつかん》を覚えた。しかし、どうにか狂わずに正常心を保てたのは、心理療法士として他人のこころを謎解くことに専念してきたおかげかもしれない。

すでに、二度、道を踏みはずした行為をしてしまっているが、いまからでも遅くはない。きちんと場を設け、真っ向から話し合ってみれば、悟の胸に燻《くすぶ》るものの正体がわかるのではないだろうか。

世の中には性善説と性悪説のふたつがあり、国友は生まれもっての人格破壊者ではないかぎり、一縷《いちる》の希望を頼りにし、性善説を信じることにしていた。

——どんなに悪辣な出来事の裏側にも、事情というものがある。魔が差した、ということもある。時間がかかっても、なかなか口にはしづらい本音を解き明かしていくことで、いつかはお互いに理解し合えるんじゃないだろうか。

他人から見れば度を超したお人好しのように映るだろうが、もちろん、善意百パーセントでやっているわけではない。これも、多々ある複雑なこころのケースとして捉《とら》えることにし、悟との対話を試みることにしてみた。

悟がハワイから戻ってきてから五日後、家の中の空気は一見、穏やかだった。居候《いそうろう》させている田端は数日分の着替えと教材を家から持ち込み、昼間は学校へ、夕方になるとまっすぐこの家に戻ってくる。料理や掃除といった家事が嫌いじゃないらしく、国友が、「そんなに気を遣わなくていいんだよ」と言うほど、キッチンや浴室を綺麗に掃除してくれた。

悟も大学へと出かけ、モデルとしての仕事がないときはとくに寄り道せず家に帰ってくる。ただ、田端と馴れ合うことは避けているようで、夕飯まで二階の自室にこもり、寝る前の一時を盗んで国友に触れてくる。

——毎日やってやる。

あの言葉は嘘ではなかった。違う匂いのボディシャンプーを使う田端を遠ざけ、同じ香りのする国友を抱き締め、毎日、二階のトイレで、一度は触れてくる。手で触るだけではどうしても満足できないらしく、かならず口の中で国友の感触を確かめる。

悟とちゃんと話し合おうと決めたこの夜も、そうだった。主に悟と自分のプライベートな空間である二階に居候の田端が上がってくることがほとんどないのをいいことに、一瞬の隙を狙われてまたもトイレに押し込まれた。

連日、口で責められる苦しさと快感を覚えてしまった性器を嬲《なぶ》りながら、悟がふと身体の位置を変えて背後から抱き締めてきた。

「父さん、自分でするときってどうしてたんだよ。女と寝てなかったら、自慰《じい》ぐらいはしてたんだろ？　どうやるのか、見せろよ」

「な、んで……そんなこと、……っ、嫌、だ……！」

「性教育の一環として教えてくれてもいいだろ。俺、オナニーのやり方がよくわからないんだよ。父さんが教えろよ」

嘘をつくなと小声で怒鳴った。以前、ハワイで自分との暴力的な繋がりを思い出し、何度も自慰をしたと悟自身が言っていたではないか。いまさら、下手な嘘をつくなと言いかけたが、うしろから抱きすくめてくる悟に無理やり、剝き出しにさせられた半勃ちの性器に両手を添わされた。

「ちゃんと根元から扱くのが父さんの好きなやり方？　それとも、先っぽだけ弄るのが趣味？」

くくっと笑う息子をはねのけようとしても、悟の手が性器を覆う両手にかぶさってきて、そうもいかない。

「ッう……く……」

「……ふぅん、父さん、くびれのところを弄るのが好きなんだ？　でも、あんまり慣れてない手つきだな。俺に見せるのがそんなに恥ずかしいか」

「あ、たりまえだ……！」

強制的な自慰を命じられ、嫌々くびれの部分を擦っているうちに止めようのない熱が肌をしっとりと湿らせる。しだいに大きく手を動かすように悟にうながされた。ぬちゅりと扱く音が自分のものだと認めたくない。指と指の隙間から見える、真っ赤に充血した亀頭が自分の身体の一部なのだということも絶対に認めたくないが、意識を蕩かす快感に嘘はつけない。

肩越しからのぞき込んでくる視線に恥辱で燃え尽きそうになりながら、国友はみずから性器を扱いて苦しい快感に苛《さいな》まれ、悟に陰嚢をやわやわと揉まれた果てに達してしまった。とろっと噴きこぼれる精液が床を汚してしまったが、悟はそんなことにもお構いなしで国友の前にひざまずき、たったいま、精液を放ったばかりのペニスを頬張り、根元からしゃぶり始める。

「あ……――」

絶頂を迎えてもさらに追い詰めてくる悟のやり方に、日に日に感度が恐ろしいほどに研《と》ぎ澄まされていくようだった。

こっちはもういい歳なのだから毎晩達するはずがないと悟を押しのけるのだが、悟は絶対に許してくれない。仕事で疲れていても、眠くても、悟の熱く濡れた舌でまさぐられてしまうと、ひくりと反応してしまうようになったのが自分でもつらい。口淫がよほど好きなのかわからないが、悟はやけにフェラチオに固執《こしつ》する。直接繋がるやり方は、悟にとっても負担なのかもしれないと考えた。しかし、無理強いされている立場で、ここまでひとがいいのも問題だろうとおのれを叱った。血を分けた息子だから思いきって突き放せず、ひいき目に見てしまう自分がいるのは確かだが、ただ、純粋に愛して見守っていた頃と、いまとでは、なにもかもが違う。

——いったい、悟の目的はなんなんだ。欲求不満が募って俺を求めるなんてあり得ない。こいつだったら、デートしてほしいという女の子も多いだろうし、その先の関係を求める子だっているはずだ。親として、女あさりをしろというわけじゃないが、なぜ俺が悟の性欲の捌《は》け口を務めなければならないんだ？　どうして、実の親の俺が標的なんだ？　肉体的に俺を貶《おとし》めて、満足するところがあるんだろうか？

触れれば反応することは事実だが、相手が血の繋がった関係であることですべてが許されなくなることを、自分にも、悟にもはっきりと言い聞かせなければ。

少しずつ落ち着きを取り戻している田端と、貪欲に求め続ける悟と、どちらから話し合うべきか。

悩んだ末に、まずは田端の話を聞くことにしてみた。不甲斐《ふがい》ないが、いま、悟とふたりきりになってまともに話し合える自信は正直なかった。

田端から話を聞く場所は、勤務先の病院近くにある静かな喫茶店を選んだ。自宅でくつろぎながら話すことも考えてみたが、あまり気がゆるんでも困るし、悟がいつ帰ってくるかもわからない。田端を居候させていることに悟が文句をつけてくることはなく、存在そのものを無視している。

毎晩、自分に執拗に触れてくるのは、他人を勝手に家に上げた戒《いまし》めなのかもしれない。

「田端くん、最近どうかな。少しは気分が落ち着いてきた？」

「はい」

間隔をゆったり取った店の一番奥のボックス席で、紅茶のカップを手にする田端が笑顔で頷く。この五日間、田端の態度は目に見えて変化した。以前のようにおどおどした目つきをすることもなくなり、国友の前では笑顔を見せることが多い。

「今日、学校で数Ⅱの抜き打ちテストがあったんですよ。俺、久しぶりにクラスの中で三位に入ったんです。ほら、先生見て」

学生鞄の中から答案用紙を取り出す田端は、よほど嬉しかったのだろう。身を乗り出してくるので、国友も九十二点という高得点のついた答案用紙に微笑み、「頑張ったじゃないか」と褒めた。

「田端くん、以前は数Ⅱが苦手だったもんな。抜き打ちテストでこれだけの点数を出せるなんて、偉いよ」

「そうやって褒めてもらえるのって、すごく久しぶりです。小学生以来かな。ねえ、先生、俺、もっと頑張れば、大学ももうちょっと上のランクを目指せますよね？」

「そうだね。でも、ランクで大学を決めるより、そこでなにをやりたいのか、将来はどんなことをやっていきたいのかってことも視野に入れて志望校を絞《しぼ》り込んだほうがいいんじゃないのかな」

「でも、誰でも知ってる大学に入ったほうが勝ちじゃないですか。二流三流のところに入っても意味ないですよね」

切って捨てるような言い方をするようになったのも、ここ最近の田端の特徴だ。国友の庇護《ひご》を受けていることもあって、気が強くなったのだろうか。

——それは構わないけれど、歪《ゆが》んだ上昇志向を持たれても困る。

「悟さんが通ってる大学だって名門中の名門じゃないですか。俺、悟さんに憧れます。だって、現役の大学生なのに、人気モデルだし。学校での成績もいいんですよね？　この間も、お家で先生が帰ってくる前に携帯で誰かとずっと喋《しゃべ》ってました。悟さんぐらい格好良かったら、たくさん彼女がいそうですよね」

「どうなんだろうね」

どうやら、田端は悟に心酔しているようだ。彼らが言葉を交わしている場面はほとんど見たことがないから、田端が一方的に悟を理想化しているのだろう。媚《こ》びた声音がそれを物語っている。

「絶対そうですよ、もてますよ。電話の相手にはちょっと冷たい態度を取ってるみたいだけど、そういうほうが女の子ってなびきますもんね」

「悟はきみのそばで電話をしてる？」

「え？　あ、……うん、廊下で話してることがほとんどですけど」

軽い引っかけに、田端が言いよどんだ。

悟にいろんな相手から電話がかかってくることは国友も知っている。だが、たいていはリビングを出て、廊下か二階の私室で話すことが多い。

同じ屋根の下で暮らしていることもあって、田端の悟に対する興味は尽きないようだ。電話相手に冷たい態度を取っていることがわかる程度に、悟の言葉に耳を澄ませているのだろう。

聞かれて困る話を悟もわざわざしないだろうが、田端の好奇心が思っていた以上に強いことが気になった。家に来るまでは万事控え目で、誰からも視線をそらしているような子だったが、いま国友が目にしているのがもともとの性質だろうか。

悟の大学での成績がいいことも、どこで仕入れた知識なのだろう。悟みずからひけらかすことは考えにくいから、なにかの折りに田端のほうからなんとか聞き出したのだろうか。

「悟は俺と違って、結構出来がよくてね。まあでも、無愛想《ぶあいそう》なときもあるから、田端くんに気を遣わせているような場面があったらすまない」

「そんなことないです。俺、先生がいてくれるから、あの家に帰るのが楽しいんです。……先生みたいなやさしいひとが家族だったらよかったのに。先生も知ってると思うけど、俺んち、変なんです。おかしいんですよ。父親は愛人つくって家に帰ってこない。金だけは入れてくれるけど、母親も酒浸《さけびた》りだし、顔を合わせてもなにも言わないんですよ。離婚すればいいのにどっちも世間体《せけんてい》ばっか気にするから、家庭内別居みたいなことになってるんですよ。俺は、その間に挟まれてどうにもなりません」

答案用紙をくしゃりと丸めて鞄に放り込む田端がうつむく様子におかしな点は見あたらないが、油断しないほうがいいと無意識に判断していた。

なにを考えているのかわからないという点では、悟も田端も同じだ。言葉の端から疑ってかかるのではないにしろ、鵜呑《うの》みにすることもしない。

「ねえ、先生」

つかの間の沈黙のあと、田端が楽しそうに笑いかけてきた。

「もう少し先生のところにいさせてもらえませんか？　俺、バイトします。食費とか光熱費とか出しますから、先生んちに帰らせてもらえませんか？　あそこにいると、すごくほっとできるんです。悟さんにも絶対に迷惑かけませんから」

「田端くん、それは……」

すぐに返事できるものではないと言おうとしたが、田端のすがるような目つきに口を濁《にご》した。自分から、「家においでよ」と言い出したものをいきなりひっくり返すにはタイミングが悪い。父親にも母親にも気にしてもらえない寂しさは、本物なのだろう。

「俺が帰りたい家って、あそこだと思う」

どことなく浮かれた声を、国友は黙って聞いていた。田端が身を寄せたがっていることを、悟が知ったらなんと言うか。

その悟とも正面切って話をしなければならない。黙って身体を踏みしだかれる屈辱に甘んじる夜を、この先も続けていくわけにはいかない。

悟がなにを考え、どうしてあんなことを要求するのか、本心を聞き出す覚悟を決めた国友の前で、田端は安心しきったように微笑んでいた。

「悟、そこに座ってくれ」

普段どおりの声で言うと、コートを脱いだ悟はわずかに眉を跳ね上げ、正面のソファに腰を下ろした。銀座にある一流ホテルのラウンジは、昼からすでに大勢の客で埋《う》まっている。ビジネスとして利用する客もいるが、銀座という立地条件から、海外の観光客や買い物帰りの裕福な客がゆったりとアフタヌーンティーを楽しんでいる。

田端の話を聞いた夜、悟の予定を聞いたところ、今日の午後は大学のゼミもモデルのバイトも入っていないということだった。ならば、早いところ話をしたほうがいい。その場で、『ふたりで話がしたい』と言い、このホテルのラウンジを指定した。

午前中で大学を出てきた悟に、「腹は減っているか」と聞くと、「まあまあ」と返ってきたので、ふたりぶんのアフタヌーンティーを注文した。イギリスに本家を構えるホテルグループだけに、アフタヌーンティーの質の高さには定評がある。

楽しげなざわめきが、ほどよい距離から聞こえてくる。気を遣う話をするには、うってつけの場所だ。デリケートな話題が出ても、周囲の笑い声がうまく緩和してくれるはずだ。

――いま、悟とふたりきりになったら、力で押されるのは目に見えている。

紺《こん》の制服をぴしりと着こなしたウエイターが、サンドイッチやスコーン、ミニケーキをぎっしりと並べた美しい銀の皿の塔や、白いポットをうやうやしく配置していく。

香り高い紅茶を飲みながらサンドイッチをつまんでいる息子の状態が落ち着いていることを確認し、「悟」と静かに呼びかけた。

「学校のほうはどうだ。うまくいってるか」

「留年の心配はしなくていいよ」

「おまえも来年には大学三年だもんな。そろそろ就活も始まってるんだろう」

「まあな」

「将来はどういう道に進みたいんだ？」

「なにこれ、カウンセリング？」

焼きたてのスコーンにバターをたっぷり塗った悟は一口でそれを頬張り、「まだ内緒」とだけ言う。国友としても、これからの進路を根掘り葉掘り聞き出すつもりではなかったので、「そうか」と呟いた。言うなれば、これは本題に斬《き》り込む前の挨拶のようなものだ。

悟の感情は安定している。聞くなら、いまだ。

「――どうして」

ふたつめのスコーンにブルーベリーのジャムを塗っていた悟の指が止まったが、すぐに動き出し、微笑むくちびるの中にちぎったスコーンを放り込む。

「どうしていきなりあんなことをしたんだ。俺になにか不満でもあったのか」

「ないよ。不満はね。いきなりになったのは……あのときがそういうタイミングだったから」

「タイミング……？」

「そう、タイミング」

繰り返す悟が鷹揚《おうよう》に足を組み、優雅にソファの手すりに頬杖をつく。その洗練された仕草に一瞬目を奪われ、タイミングという言葉の意味を聞き逃した。

「俺は、いまを壊したかった。先に言っておくけど、父さんとの過去を壊したかったわけじゃない。ただ、いまみたいなぬるま湯がいつまでも続くのかと思ったら耐えられなかった。そんなときに、あのタイミングがやってきた」

「おまえがなにを言ってるのか……俺にはわからない」

「そう？　これだけ言ってもまだわからない？」

「どういうことなんだ。もっとはっきり説明してくれ」

「新しい関係を築きたかったんだよ。たぶん、あんたには憎まれるだろうとは思ってたけど、手を出してみないことにはなにもわからない。父さんを抱いてみないことには、俺たちの関係はずっと変わらない。それが嫌だったんだ」

「なんで……どうしてなんだ。俺とおまえはうまくやってきただろう？　そりゃ、母親はいないかもしれないけど、俺とおまえのふたりでこれからも……」

「母親の存在がどうこうなんて、俺はひと言も言ってないぜ。俺と父さんの仲がうまくいってたことも否定しない。あんたに育ててもらったことで俺はいまここにいるんだから、そのことに唾《つば》を吐くつもりは微塵もない。ただし、これから先の話となったらべつだ」

そこで悟はもう一度長い足を組み替え、少しうつむく。長い前髪が鋭い目元を隠し、もの憂《う》い表情を彩《いろど》る。席が離れていても、悟が持つ独特の雰囲気は他人にも伝わるものなのだろう。隣のテーブルにつく女性グループが声をひそめ、好奇の視線をちらちらと送ってくる。

これでまだ二十歳なのだ。親である国友が驚くほどに悟の成長は著《いちじる》しく、数年後、いったいどんな男になっているのかと思うと、胸が妙にざわめく。

　これから先の話はべつだと悟が言ったように、悟の未来の形は幾通りもある。そのすべてに、親として立ち会えるだろうか。見届けられるだろうか。

　──俺は、いつか悟に置いていかれないだろうか。

　初めて感じた不安だ。馬鹿馬鹿しいと打ち消そうとしても、目の前に座る、大人の男として完成されつつある悟が、自分と血が繋がっていながらも、まったくの別個の人間であることをあらためて認識し、手放さなければいけない日をどうしても考えてしまう。

「まあ、実際、タイミングなんてものは運でしかないし、後付けの理由だと俺も思うよ。遅かれ早かれ、俺はあんたを抱いていたよ、父さん」

「……なんで、俺なんだ……どうして……」

　呻くような声に悟がかすかに笑う。悪巧《わるだく》みを考えているのか、こころから楽しいと思っているのか、判別できない。

「欲求不満だったとでも答えれば、心療内科医としても、父親としても納得するのか？」

　するわけがない。だが、そうであってほしいと思うこころもある。悟ぐらいの男なら、つき合う相手に困ることは絶対にないはずだ。女性だろうと男性だろうと、いくらでも自分好みの相手を選べるだろう。

　──欲求不満で、父親に手を出す息子がほんとうにいるか？　いるわけがない。暴力をふるうんじゃなくて、どうして性的な行為に及んだんだ？

おのれに問いかけたが、これといった答えは出ない。ならば、他に理由があるのだろうか。性的な欲求を抑えきれずに自分にぶつかってくる真の理由は、いったいなんなのか。

さらに掘り下げたほうがいいと鳩尾に力を込めたが、短い時間話し合っただけでも神経は疲れきっていた。このまま話してもいまの悟とはすれ違うばかりで、いずれ感情的になって声を荒らげてしまいそうだ。公衆の面前で見苦しい真似《まね》だけはしたくない。

——実の息子と肉体関係があることをもしも誰かに知られたら、俺は生きていけない。

食欲を失った国友の代わりに悟が綺麗にサンドイッチやスコーンを平らげ、紅茶の追加を頼んでいる。

この余裕は、どこから生まれたものなのだろう。十六歳も差のある父親と対等に張り合う力を、悟はどこで培ってきたのだろう。

柔らかなソファに沈み込み、我が息子の顔を、仕草のひとつひとつをじっと見つめた。いくら考えても、納得できる答えは見つからない。

「ところで、あいつ、いつまで家にいさせるつもり」

「あいつって……ああ、田端くんのことか」

「家族がいないわけじゃないんだろ？　あっちの親、どういうつもりなんだよ。他人の家に自分の子どもを預けて知らん顔してるなんて常識なさすぎじゃねえの。もうそろそろ一週間経つだろ」

悟の言うとおり、田端の家には毎日電話を入れて彼の様子を伝えていたが、母親はほとんど興味を示さず、国友がなにを言っても、『そうですか』とぼんやり返すだけだ。

「もう少しだけ、待ってくれないか。昨日、田端くんと話したら、前よりずいぶん落ち着いたようなんだ。いまが大事なときだと思うんだ」

「やさしいね、父さんは。だから、つけ込まれるんだよ」

苦笑とも冷笑とも取れる笑い方に、国友は困惑してしまった。

いまの言葉は、悟自身の暴力的なやり方を皮肉っているのか。それとも、国友なりのおおかさをなじっているのか。

紅茶の味が尖《とが》ってきたので、砂糖を多めに加えた。ふと、悟が腕時計に目を落とし、「あ」と声を上げる。

「悪いけど俺、このあと約束が入ったんだ」

「仕事か？」

「違う、飲み会。モデル事務所の奴らが一緒に飲もう飲もうってうるさいんだよ。帰り、遅くなるから」

悟を強引に誘うモデルたちは、どんな容姿をしているのだろう。並はずれた美形の男性や女性モデルが絵のように群がる中で、悟はひときわ強い存在感を放っている気がする。

自分にはまったくわからない、縁《えん》もゆかりもない世界を堂々と渡り歩く悟を想像すると、ちりっと胸の奥が焦げる。

「わかった。気をつけて、楽しんでこいよ」

紅茶の残りを飲み干した悟が意味深に笑いながら、テーブル越しに顔を近づけてくる。

「俺がどこで誰となにをするか、父さんはまったく気にならない？　モデルにはゲイも多いし、かなりヤバイ薬を簡単にくれる女もいるぜ。そういう世界にいる俺より、あんたは赤の他人の田端が心配？」

「悟、おまえ」

挑発《ちょうはつ》するような目つきに一瞬驚いたが、すぐに顎を引いた。

「俺の息子はドラッグなんかに手を出す馬鹿じゃない。誰かに誘われても、相手がどんな人物か、ちゃんと見抜く目を持ってるはずだ」

はったりではなく、強い語調で言い切ると、コートを羽織りかけていた悟はちょっと目を瞠《みは》る。それからちいさく笑い、軽く手を振って、「じゃあ」と立ち去った。

取り残された国友はそれから三十分ほどぼんやりしながら残った紅茶を飲み、唐突にあることを思い出して腰を浮かした。

夕方の四時、自宅には誰もいない。悟は手ぶらで飲み会に行ったし、田端もまだ学校から戻ってきていないだろう。月曜、水曜、そして金曜の今日と、田端は学校帰りに塾に通っている。さまざまな高校から生徒が集まる塾ではそれなりにうまくとけ込んでいるらしい。帰りは遅く、十時過ぎになる予定だ。

——前から気になっていたあれを調べるなら、いまがちょうどいい。

慌ただしく会計を終えてホテルから自宅へと戻り、自分以外は誰もいない二階へと上がった。

悟の部屋の扉を開け、そっと中を見回すと、目当てのものが机の上にあった。

ロックをかけたノートパソコンが、どうにも気になっていたのだ。

——帰りが遅くなると悟は言っていた。だったら、今日、調べるしかない。

いつも持ち歩いているノートパソコンに、悟は自分だけの秘密を書き残しているのではないだろうか。自分に手を出してきたきっかけも、もしかしたら見つかるかもしれない。

そうするためにも、パスワードを破らなければ。

コートも脱がず、強迫観念に駆られたようにパソコンのキーを叩き続けた。息子とはいえど、一個人のプライベートを盗み見ることに良心が痛まないわけではない。

いくら家族だからといっても踏み越えてはいけない一線があるのに、と理性が咎《とが》めるけれど、——先に踏み越えてきたのは悟のほうじゃないか、という声もどこからか聞こえてくる。

悟に関する出来事を逐一思い出し、数字や英文字に替えて何度も打ち込んだが、すべて徒労に終わった。

「やっぱり駄目か……」

ノートパソコンを脇に置き、ため息をついた。悟がどんなことをキーワードにしているか、まったく手がかりを持っていないのに、パスワードを見破ろうなんて無理がありすぎる。

——個人情報を無数に抱えるパソコンに鍵《かぎ》をかけるのは、誰にも知られたくない秘密を守るためだ。

だからこそ、知りたい。破りたい。悟の本音が隠されているだろうパソコンをのぞいてみたいのだ。

天井を見上げながら、とりとめのないことを考えた。

生後間もない悟を引き取った頃のことは、いまでもよく覚えている。学校に行っている間は両親が面倒を見てくれたものの、国友が父親だということは赤ん坊の悟も本能的に知っていたのだろう。友だちの誘いも断って息せき切って家に帰ると、それまでぐずっていた悟がぴたりと泣きやみ、にこにこと笑いながら出迎えてくれたことはしょっちゅうだ。

『悟はほんとうにお父さんっ子よねえ』

十六歳の若さで子どもを成してしまった国友に、両親はもちろん唖然としていたが、孫のあまりの可愛さと、守ってやりたいという思いが強くあったのだろう。赤ん坊を押しつけてどこへとも知れずに勝手に姿を消してしまった年上の母親を責めたとしても、悟に罪があるのではない。

『まあ、いつかは孫が欲しいと思ってたから。それがちょっと早まっただけだと思えばいい』

自分の親ながら泰然《たいぜん》と受け止めてくれ、子育てに積極的に参加してくれたことにはほんとうに感謝している。金銭的にも余裕があったおかげで、悟を育てていく過程で困ることはほとんどなかったように思う。ただ、やはり、性的なことに対して知識が浅く、年上の彼女の誘いにまんまとはまってしまったという自責の念はいつもあったから、悟を引き取った瞬間からバイトを始め、親に頼りっぱなしにするのだけはやめようと強く誓ってきた。

――悟は、俺の子なんだ。俺が両親を愛し、信じて育ってきたように、悟にも俺をこころから信じてほしい。

悟が小学校を卒業するあたりまでは、周囲には体裁上、『親戚の子を引き取った』と説明していた。しかし、家の中では、もうずっと前から国友を、『お父さん』と悟は呼んでいた。折りに触れて複雑な事情をわかりやすく話してきたせいか、悟はとくに疑うこともなく、若い国友を実の父親だと信じてくれ、外に出たときには、『親戚の家に引き取ってもらったんだ』とみずから言えるような賢い子に育った。

――でも、その賢さは、見方を変えれば、凶悪《きょうあく》なふてぶてしさだったのかもしれない。

国友が心療内科の医師として独り立ちできるようになった頃、両親は東京を離れ、かねてからの夢だったという田舎暮らしを始めるために九州へと移り住んだ。

以来、悟とふたりきりで仲よく暮らしてきて、忙しい毎日を過ごしながらも年に何回かは国内をあちこち旅して想い出づくりをし、年末年始は九州の両親を訪ねることもしていた。

男ふたり暮らしでも、なんとかここまでうまくやってこられた。大学を卒業するのをきっかけにひとり暮らしをうながしてみようか、と考えていた矢先に、今回の凶事が勃発《ぼっぱつ》したのだ。

なぜ、どうして、悟はあんな暴挙に出たのか。

これといった結論が出ないまま、ぼうっと思い耽る中、――そういえば、最初に悟とふたりで旅行したのはいつだったかな、と考えた。

確か、悟が中学生になったばかり、両親が東京を離れてすぐの頃だ。『夏休みに、九州のおじいちゃんとおばあちゃんのところへ行きたい』と言い出した悟を連れ、鹿児島を新しい故郷とした両親に会うついでに、九州を一周したのが最初だ。

ダイナミックな山々を見せてくれる熊本や、東京とはまったく違う南国の気分を味わわせてくれる宮崎、鹿児島を悟はいたく気に入り、終始楽しげで、帰り際には『また絶対に行こうね。絶対だよ』と何度も約束させられ、国友も、『わかった、絶対に行こうな』と頷いたものだ。

――あの頃はほんとうに可愛かったな。

いまの悟にある鋭さを、幼い頃から感じ取っていたらどうなっていただろう。実の親を性的な欲求の捌け口にするという兆《きざ》しをもしも悟に感じ取っていたら、自分はどうしていただろう。育てようとも思わず、どこかの施設に押しつけていただろうか。

「あ……」

ふっと意識の片隅を数字がよぎった。悟と初めて旅した日付。それを思い出してパスワードとして打ち込んでみると、いままで頑なに国友を阻んでいた画面がさっと切り替わった。

「……これだったのか」

悟もまた、国友と初めて旅行した日のことをずっと忘れずにいたのだ。

熱く疼く左胸を押さえ、ノートパソコンのデスクトップ画面を見つめた。大学でのゼミ用に使っているらしいフォルダがいくつか並んだ最後に、「覚え書き」と名前がついたフォルダがあることに気づいた。

「……ごめんな、悟」

秘密を暴くことへのためらいを抑え込み、フォルダを開いた。中にはファイルがひとつきり。おそるおそる、汗に濡れる手でファイルを開いてみると、今月分のカレンダーが表示された。だいたいの日付が黒の太文字で強調されている。ためしに今月の頭の日付をクリックしてみると、『ゼミのレポートは今月中旬までに提出。午後三時、新宿のスタジオ入り。次号の巻頭写真を撮ると言われた。』とある。

どうやら、スケジュールを兼ねた日記のようだ。俄然興味を覚えて、過去日記もチェックしてみた。悟は長々と書く癖がないらしく、その日その日の予定を中心に書いているが、たまに、『ゼミの奴らが飲みに行こうと何度も誘ってきて面倒。』とか、『忙しくて苛々する。』といった生々しい感情も残している。

モデルとして華やかな立ち位置にいることを、悟はとくになんとも思っていないらしい。表紙や巻頭を飾るメンバーに選ばれても誇らしく感じることはあまりないようで、『カット数が多くて撮影の時間が押し気味。疲れる。』という簡素な言葉を書き残している。

　過去数か月ぶんの日記をざっとチェックし、気がついたことがひとつあった。ときどき、休日や祭日でもない日に赤い丸がついているのだ。

　一重の赤丸がついている日とはべつに、二重の赤丸がついている日もある。

　先に、一重の赤丸がついた日を見直してみた。

　そうしている間にも、こころを支えていた芯が音もなく折れ、自分でも知らなかった終わりのない闇へと沈んでいくような感覚に陥っていく。

　丸の部分をクリックすると、表には出ていなかった赤い文字が表示された。

『苛ついてたまらない』

『気が進まない』

『考えるたびに落ち着かなくなってくる』

『落ち着け』

『どうしても抑えられない』

　物騒な言葉の数々をまんじりともせずに見つめ、最近の日付についた赤い丸をクリックした。

『やるしかない』

　悟のこころに巣くう暗黒と日付がなにを意味しているのか、最初ははっきりとわからなかった。だが、とびとびについた赤い丸印に目を凝らしているうちに、鋭利《えいり》な棘《とげ》をいくつも宿した考えが浮かんでくる。

ノートパソコンをそのままにして、国友は階下に駆け下りた。ここ一か月ほど、忙しさにかまけて新聞を溜め込み、まだ処分していない。物置代わりにしている玄関脇のクロゼットを開き、床にしゃがみ込んで日付順に積まれた新聞をあさった。

始まりは、三か月前。最新は、一週間前。

「まさか……」

古新聞を握り締め、国友は低く呻いた。

この数か月、近所を騒がせている暴行事件が起きた日と、悟の日記の赤丸が一致しているのはどういう偶然か。

——もし、偶然じゃなかったら?

するりとこころに忍び込んできた醒《さ》めた理性の声に、「違う……」と呟いたが、背中を汗が滴《したた》り落ちていく。

もう一度、悟の部屋に戻った。開きっ放しのスケジュールのところどころについた赤い印と怒りを感じさせるような言葉は、あの事件と繋がっているのか。

「悟……」

おまえがあの犯人なのか、と問《と》い質《ただ》す勇気が自分にはあるだろうか。苦しいほどに昂ぶる胸を鷲掴《わしづか》みにして、まだ見ていなかった二重の赤丸の日の記述を見ようとしておのれを押し止めた。一重の丸と暴行事件がほんとうに繋がっていたとしたら、禍々《まがまが》しいほどの二重の丸がついた日にはもっと重い現実が記されているのかもしれない。

——見るな。もう見なくていい、見なかったことにしろ。最初から、こんなものは見なかったことにするんだ。

だが、こころの動きを読み取ることを仕事とする者として、実際に目にしてしまったものを、なかったことにする、というのは無理な話だ。療法のひとつとして、つらい過去を記憶から薄れさせていくやり方を患者に勧めることはある。

しかし、それを医師の自分がやれるとは到底思えない。

自分のしでかした失敗をあっさりと忘れ、痛みを覚える過去すら簡単に忘れられる性格だったら、そもそも、赤ん坊の悟を引き取ることはしなかったし、他人のこころを解きほぐそうとする心療内科医を目指すこともなかったはずだ。

厳然たる苦しみから逃れたいと願う誰かに手を差し伸べ、かならず救う。そして、自分は絶対に逃げない。

その気構えが生まれつきあったからこそ、幼い悟を育て上げ、いまの仕事に就いたのだ。

あえてみずから地雷《じらい》を踏みに行こうとしているようなものだと嘲笑《あざわら》い、こころを冷えさせながら、震える指で最初の赤い二重丸をクリックした。

『三十なかばにもなって同僚といまさら恋愛か？　どうしようもない。』

『俺に断りもなく邪魔な奴を連れ込んだ。最悪だ。うるさくてしょうがない。』

冷ややかな顔をしながら文章を打ち込む悟が目に浮かび、背筋がぞっとする。まだ若く、十分過ぎるほどの力を持て余した雄々しい獣は、容易には口にできない苦々《にがにが》しい想いを抱え込んでいるらしい。

『このままじゃすまさない。父さんの勝手にはさせない。』

つい一昨日《おととい》に記された真っ赤な文字が網膜に焼き付くようだった。

ろくに息も継げずにパソコンの電源を落として机に戻し、国友は振り返りもせずに部屋を駆け出した。

なによりも大切に、おのれ以上に愛《いと》おしんで育ててきた息子に肉体を踏みしだかれたうえに、世間を騒がせている犯罪に関《かか》わっているかもしれない可能性があるとなったら、家にはいられなかった。

鞄《かばん》も持たず、どこをどうさまよったのか。自分でもはっきり思い出せなかったが、気づけば、過去に数回、ひとりで仕事帰りに立ち寄ったことがあるバーにいて、心配顔のバーテンに、「もう、そのへんで止《や》めておいたらどうですか」と言われるぐらいにひどく酔っていた。飲んでいる最中からこめかみがずきずきと痛くなるほどの深酒は、自分らしくもない。

「具合、悪くありませんか。なんでしたら、タクシーを呼びますから、家に……」

「……大丈夫だ。放っておいてくれ」

案じてくれるバーテンには悪いと思ったが、それしか言えなかった。

いま、家に帰ることはできない。田端《たばた》のことも、悟《さとる》のこともすべて忘れてしまいたい。

——俺はこんなに腑《ふ》抜《ぬ》けだったのか。他人のこころの謎《なぞ》は解き明かせても、自分の傷はどうすることもできないのか。

飲んでも飲んでも、なにかを考え続けてしまう自分が嫌でたまらなかった。

悟はなにもしていないはずだという希望を捨てたくない反面、目の届かないところでなにをしているかまったくわからないという疑惑も深く根付いてしまった。

グラスに半分残っていた酒を一気に飲み干した。ぐらりと身体が揺れたのは一瞬で、カウンターに突っ伏しても、悟のことばかり考えてしまう。

「……悟」

頭をぐしゃぐしゃとかきむしった。

——酒に逃げることができる奴が羨《うらや》ましい。俺は、駄目だ。どうしても駄目だ。なにをしても、どんなことがあっても、理性を捨てきることができない。違法の薬なんかに手を出したくない。だったら、もっともっと強い酒を頼んで酔い潰《つぶ》れるしかない。そんなことをしても、悟のことを忘れられるはずがないとわかっていても。

「お代わりを」と掠《かす》れた声で注文したときだった。コートの右ポケットがいきなり振動し、びくりと頬《ほお》を引きつらせた。財布だけを持って出てきたと思っていたが、そうだった、ポケットには携帯電話を入れっぱなしだった。

マナーモードに切り替えてあるそれを取り出し、液晶画面をじっと見つめた。『悟』と出ている。もう、夜の十二時近くになろうとしていた。悟のノートパソコンと古新聞から浮かび上がった恐ろしい展開に振り回され、時間の感覚を失っていたようだ。

六回、振動して、電話は止まった。帰りが十一時以降になるときは、いつも『遅くなるから』と連絡を入れていた父親が不在なのを案じて、悟は電話をかけてきたのだろう。

——でも、出られない。いま、なにも話せない。悟と話すことはもうなにもない。

聞きたいことはたくさんあるが、そのどれもが予想以上に強烈な毒《どく》を含んでいそうで、迂闊《うかつ》に口を開けなくなってしまった。

——俺は、臆病《おくびょう》だ。

「くそ……！」

ちいさくなじって膝《ひざ》を強く叩《たた》くのと同時に、再び携帯電話が振動する。

放っておけばいい、出なくていい、知らぬ顔をしろと自分に言い聞かせたが、ぎゅっと握り締める携帯電話がこの先も何度も揺れることはわかっている。悟は留守電に声のメッセージを残すことをあまり好まない。それならメールを送るほうが多いが、たぶん、今夜はなにがなんでも国友が出るまで電話をかけ続けてくるだろう。

――玄関の脇《わき》のクロゼットから出した古新聞をそのままにしてきてしまった。

痺《しび》れた意識でぼんやりと思い出した。

塾から帰ってくる田端と、モデル仲間と飲んで帰ってくる悟のどっちが先に家に着いたか知らないが、玄関に散乱した古新聞を見れば、なにがあったのかと不審《ふしん》がるに決まっている。田端はまだ家に来て間もないこともあるし、純粋な性格だから、『片付け途中で出かけたんだろうか』としか思わない可能性があるが、悟はきっと気づいている。

黙ってノートパソコンに触れた次に、古新聞をあさり、ひとつの難題にぶつかって愕然《がくぜん》とした父親の国友《くにとも》がその場から逃げ出したことにすぐに気づいたはずだ。だから、しつこく電話をかけてくるのだ。

国友が出るまで。なんらかの声を聞かせるまで。

二回目の電話も六回振動して切れた。息つく暇《ひま》もなく三回目がかかってくる。国友はちょうど手元に置かれたウオッカをひと息にあおり、――このまま気を失えればいいのにと願ったが、純度の高い酒は腹の底をにわかに熱くさせるだけで、自分を深く沈めるほどの力など持っていない。

諦《あきら》めて通話ボタンを押した。

「……もしもし」

『父さん？　なにしてるんだよ。どこにいるんだ？』

聞き慣れた低い声を耳にしたとたん、不覚にも嗚咽《おえつ》がこぼれそうだった。

——ほんとうに、こいつがあの事件を起こしたのか？　俺が愛してきた悟は鬱憤《うっぷん》を溜めて、俺を犯すばかりか、赤の他人にまで暴力をふるうようになっていたのか？

『なんで帰ってこないんだ』

仕事なのか、と聞かないあたり、国友がべつの理由で家に戻っていないと悟も承知しているのだろう。

「帰れない……おまえがいると、俺は帰れない」

『父さん』

「ごめん、もう、帰れないんだ」

朦朧《もうろう》と呟《つぶや》き、一方的に電話を切った。熱いまなじりを乱暴に擦《こす》り、押し止めるバーテンを振り切ってウオッカを立て続けに呷《あお》った。情けないことは百も承知だが、いまの自分にできるのは前後不覚になるまで酔うだけ。明日には頭が割れるほどの痛みをともなった二日酔いに悩まされるだろうが、悟との間に起こった出来事をすべて忘れられるわけではない。

いっそ、記憶を消去してしまいたい。悟に犯された晩から今日までの記憶を消してしまうことができたら、どんなにいいか。もしくは悟を心底憎み、冷酷《れいこく》に突き放すところまで感情を振り切ってしまえばいいのに、いまの自分はそれもできない。

二十年の間、可愛《かわい》がってきた悟に突然踏みしだかれ、唖然《あぜん》としているうちにさらなる疑惑に襲いかかられ、なにも正しく判断できないというのが本音だ。

——あの家にはもう帰れない。悟と顔を合わせることはできない。あとひとつなにか起こったら、俺は気が狂う。壊れる。そうなる前に、死んでしまいたい。自分のことが自分で始末できなくなるぐらいなら、死んだほうがましだ。

みずから命を絶つことは一度も考えたことがなかったが、それがいまこの瞬間、とても魅力的に思える。死んでしまえば、もうなにも考えずにすむ、楽になれる。悟を憎まず、愛したまま死ねるならそうしたい。

そんなふうにしてグラスの底に溜まる透明な液体をぼうっと見つめていたから、店の扉《とびら》が開き、隣に長身の男が立ったことにまったく気が回らなかった。

肩を軽く叩かれ、のろのろと顔を上げた。コートの襟《えり》が立ったままの悟がそこにいた。

「……悟」

「帰るよ。店のひとが心配して、家に電話をくれたんだ」

カウンターの中のバーテンが泥酔《でいすい》した国友を案じ、以前、渡した名刺を見て電話をかけたのだろう。いらぬお節介《せっかい》をするなと怒鳴《どな》りたかったが、二の腕を悟に掴《つか》まれて、無言でゆらりと立ち上がった。

並んで立つと、悟のほうが頭半分ほど高い。均整の取れたしなやかな身体《からだ》つきにちいさめの頭、ひとを捉《とら》えて離さない切れ長の目つきに、気位の高さを感じさせる頬骨と形のいいくちびる。どのパーツを見比べても、自分とはまったく似ていない。

けれどもし、自分たちが同じ血で繋《つな》がれている証拠を探そうとするなら、全体を覆《おお》う情の深さがそれかもしれない。

会計をすませた悟に連れ出され、人目の少ない路地で、「嫌だ、離せ」ともがいた。

「手を離せ。俺はもう、あの家には帰れない。帰りたくない」

「……我《わ》が儘《まま》言うなよ、父さん。そんなに酔ってるのに、どこ行くつもりだよ」

「放っておいてくれ。おまえとは——もう、話すことはなにもないんだ」

このまま家に連れ戻されたら、またも悟の言いなりになってしまう。酒で酩酊《めいてい》している身体は言うことをきかず、自制心も吹っ飛ぶかもしれない。

三十六年かけて築き上げてきた自信というものが根底から覆《くつがえ》され、崖《がけ》っぷちに立たされたような恐怖を感じているのに、悟はため息をつき、通りがかったタクシーに手を挙げている。

無理やり車内に押し込まれ、悟が運転手にとあるビジネスホテルの名前を告げたことに少しだけ安堵《あんど》した。いま、家に戻ったらすべてが完全に崩壊するとわかっているからだ。

車で十分ほど走ったところにあるホテルは、ビジネスユースといってもそこそこにランクが高く、エントランスもどっしりとした落ち着きのある構えだ。

時間が遅いせいか、フロントは閑散《かんさん》としていた。ツインルームを押さえた悟が、「父さん、大丈夫か」と言いながら腕を摑んでくることに、――隙《すき》のない狡《ずる》いやり方だ、と思いながら、「ああ」とだけ頷《うなず》いた。悟はこんなときでも自分のことを、「父さん」と慣れた感じで呼ぶ。周囲はそのひと言で、悟と国友が親子なのだと知り、それ以上怪《あや》しまない。深夜のホテルに男ふたりでやってきたことについても、「父さん」のひと言で、酔った父親を介抱《かいほう》するできた息子という関係が完璧《かんぺき》にできあがるのだ。

――悟はほんとうに賢《かしこ》い。俺が怖くなるほどに、賢すぎる。

十二階の角部屋にあるツインルームに入り、自宅とはまったく違う空気にほっと息を吐き出し、力なく窓際のベッドサイドに腰を下ろした。

「とにかく、水でも飲みなよ。ほら」

悟が備え付けの冷蔵庫からペットボトルの水を放ってくる。「……ありがとう」と礼を言い、栓《せん》をねじ切って冷たい水を二口、三口とゆっくり飲む間に、コートを脱いだ悟が間隔を空けて隣に座る。

しばらく、互いになにも話さなかった。

かたわらでうつむく息子の様子をそっと窺《うかが》うと、拍子抜けするほどに静かだ。悟は昔からそうだ。けっして喋《しゃべ》り好きではないし、空気を読むのがうまいというのとはまた違うのだが、黙ったり、話しかけたりするタイミングがほとんど自分と同じなのだ。

――親子だからだろうか。

両手で摑んだペットボトルの冷たさに、崩《くず》れかけていた意識がゆっくりと元の形へと戻っていく。

「田端くんは、どうしたんだ」

「適当にメシ食わせて、『寝てろ』って言って出てきた」

「そうか、すまない……、おまえには迷惑をかけないと約束したのに」

そう言うと、膝に頬杖をついた悟がシニカルな声を上げて笑う。

「父さん、まだ気づかないのか？　あいつ、学校で苛《いじ》められてるって言ってたけど、半分は嘘《うそ》だと思うぜ。身体にある傷も、ほとんどはあいつ自身がつけたもんだよ、たぶんね」

「どうして、そんなことを……彼となにか話したのか？」

思いがけない言葉に驚いても、悟は目をそらさず、淡々《たんたん》とした調子を崩さない。

「ずっと見てればわかるって、それぐらい。傷の大半が左側に偏《かたよ》っていたのは、父さんも気づいてただろう。田端は右利きだ。あえて自傷行為をするとなると、どうしても利き手とは逆の位置につけることが多くなる、だろ？」

「まあ、そうかもしれない、けど……はっきりそうだとも言い切れない。実際、あの子の家庭は荒《すさ》みきった状態なんだ。父親とは一度も会えていないし、母親は酒浸《さけびた》りだ」

「両親に見捨てられて、クラスメイトにも弾《はじ》かれたあいつにとっちゃ、父さんだけが頼りなんだよ。あいつは父さんをずっと見ている。そばにいて見守っててほしいから、傷を絶やさないようにしている。俺にまで媚《こ》びてきて、ホント……、笑えるぐらい必死だよな」

くっと肩を揺らして笑う悟が強い光を瞳に宿して、ふいにのぞき込んできた。

「俺とあいつで、父さんの取り合いになるのかな」

「悟……っ！」

勢いをつけて組み敷かれ、思わず声を荒らげた。

「やめろ！　もうよせ、こんなこと……、俺とおまえは親子だろう！　こんなことをしていいはずがないだろう！」

「わかってるって、そんなことは。でも、一度ぐらい意識飛ばして、俺だけのものになれよ。……義政《よしまさ》、って呼べば、少しは罪悪感《ざいあくかん》が薄れるか？」

蠱惑的《こわくてき》な声で名前を呼ばれ、ぞくりと背筋がたわむほどの悪寒《おかん》がこみ上げる。いや、悪寒ではない。酒や薬の力を借りても沈められない意識が、悟の声ひとつで艶《あで》やかな深みにはまっていくことを、たったいま、身体とこころで実感した。

——酒や薬よりも、もっと強い力。それを悟は持っている。

「やめろ……やめてくれ、悟……」

部屋の灯《あか》りを落として身体を擦《す》りつけてくる息子を引き剝《は》がそうと躍起《やっき》になったが、そうすればするほど悟も力で押してくる。

大きな骨っぽい手で身体中をまさぐりながら、理性が粉々《こなごな》に砕《くだ》けるその声で悟は囁《ささや》くのだ。

「今夜だけでもいい。俺はあんたの息子でもなんでもない、赤の他人だ。単なるひとりの男として、義政を抱く。だから、感じろよ。徹底的に乱れろ」

「そんな――ことは……おまえ……」

「いいんだよ、素直に感じろよ。誰に許しを請《こ》えば気がすむんだ？　俺は通りすがりの男で、バーで出会ったあんたにたまたま惚《ほ》れただけ。俺があんたについて知っていることは義政って名前だけだ。信じなよ。穏《おだ》やかで、真面目《まじめ》に話を聞いてくれる年上の義政に一目惚れして、抱きたくてたまらなくなった。こういうやさしい顔をするひとがセックスのときはどんなふうによがるんだろうって想像したら、我慢ができなくなって、俺から誘った。それでいま、ここにこうして、ふたりでいる。どうだ、納得したか。誘ったのは俺だから、あんたにはなんの罪《つみ》もない」

「あ……あ……」

くちびるの際《きわ》に軽くくちづけてくる悟の言葉に動揺し、胸を叩く手が止まってしまう。思考回路もショートし、「なにかを考える、そして行動する」という当たり前のことができなくなっていた。

彼の言っていることは、最悪のまやかしだ。罪な快楽に耽《ふけ》ることを覆い隠すための言い訳でたらめでしかないのに、懸命《けんめい》の抵抗は声にならず、意識はさらなる深みへと沈んでいく。

愛してやまない自分の息子に抱かれて感じてしまった過去が、忘れられない。

そこには屈辱《くつじょく》が色濃く混ざっているのだが、言葉では言い表せないような濃い官能も確かにあったのだ。だから、どうしても忘れることができずに、いまも悟に触れられるだけで全身が小刻みに震えてしまう。

身体中の血が沸騰し、はっ、と漏《も》れ出る息さえ火が点《つ》いたようだった。悟のくちびるから生まれ出る言葉の数々が胸の中の頑丈《がんじょう》な蝶番《ちょうつがい》をひとつずつ叩き壊し、国友の本能を暴《あば》こうとしている。

「俺は義政にキスして、触って、噛《か》んで、深く突きまくってやる。義政のあそこが俺の形を覚えて疼《うず》いてどうしようもなくなるぐらい、はめっぱなしにしてやりたい。……また俺に会って抱かれたいって思うぐらい。義政のアレをしゃぶって、好きなだけイかせてやるよ。義政の濃い精液、飲ませて。俺の口の中で何度もイきなよ。俺も最後には義政の奥にたっぷり出して孕《はら》ませてやるから——今夜だけは、俺に溺《おぼ》れろよ」

「……っ……」

とどめとなった最後の言葉に、国友は目を瞠《みは》った。

男同士だから、親子なのだから絶対に交わってはいけないという建前《たてまえ》に重い幕を下ろした悟が髪をやさしく梳《す》いてきて、熱い耳たぶを甘く噛んでくる。ねっとりした舌が首筋を這《は》い出すと、国友もじっとしていられず、漏れ出そうな声を両手でふさいだ。

過去、幾度にもわたって悟に陵辱《りょうじょく》されてきたが、こんなふうに、普通にやさしくキスをされるのは初めてだ。

「……っん……」

「誰も聞いてない、もっと素直に声を出していい」

「う……」

敏感《びんかん》な首筋を尖《とが》った舌先でゆっくり舐《な》め上げられると、どうにもつらい。舐められたそこからじわっと熱が広がっていくようで、のけぞってしまう。

悟のくちびるが痕《あと》をつけるように吸い付き、シャツのボタンをひとつずつはずしていく。熱く飢《う》えた舌が鎖骨《さこつ》の溝《みぞ》から胸へと下りていくのを、信じられない思いで見ていた。これまで、下肢《かし》だけを嬲《なぶ》るか、乱暴に繋がることしかしなかった悟とはまったく違う執拗《しつよう》さと狂おしさが混じった愛撫《あいぶ》に、呼吸の間隔がだんだんと短くなっていく。

「……ッいやだ、そんなところ……触るな……」

ちいさな乳首を勃《た》たせるようにくりくりと揉《も》み込まれる恥ずかしさに、声を絞《しぼ》り出した。女にしてやるような愛撫で、自分が高まるとは思えない。なのに、悟は長い人差し指と親指で国友の右の乳首を括《くく》り出し、左の乳首の根元をやんわりと食《は》む。

根元からきつく括り出された乳首をリズミカルに揉まれると、むず痒《がゆ》いような、痛いような、それでいて甘さを忍ばせた痺れるような感覚がこみ上げてきて、声を殺すことも難しい。

「あ、っ……ぁ……、っ……」

ちゅく、くちゅりと噛まれ、舐《ねぶ》られ続ける胸の先端がじんじんと甘痒く痺れ、それだけで意識はおかしな方向へと曲がりそうだ。頭では逃げたいと思うのに、初めて知った刺激に昂《たか》ぶる身体がもっと強い快感を欲しがっている。乳首の先端を舌でくるみ込まれ、やさしく吸い上げられた。けれど、くちびるが離れて指でつままれて擦《こす》り立てられると、激しい火花にも似た快感がいくつも弾ける。

「んっ……ぁ……」

「義政、乳首、気持ちいい？　ずっと舐めてたら、こんなに赤くなった」

「――っぁ……！」

柔らかに絞った室内灯で、胸の突起が濡れてふっくらと赤く、淫猥《いんわい》に腫《は》れ上がっているのが国友にも見えた。悟の鋭《するど》い視線に射抜《いぬ》かれるだけで、全身を炙《あぶ》られるような陶酔感《とうすいかん》に襲われる。

「悟、いやだ、それ以上……っ」

「駄目だよ、義政。気持ちいいのに嘘をついてるだろ。……ほんとうは、もっと、きつくしてほしいとか思ってないか？　こういうふうにされて感じるのは初めてなんだろ。もっと激しくしてほしい、って言わせてやろうか」

「……悟……」

にやりと口の端《はし》を吊《つ》り上げる悟がかすかに視線を動かし、ベッドサイドに置かれたホテルの館内説明書を取り上げる。それをぱらぱらとめくり、館内にあるレストランやスポーツ施設について書かれた書類の左端を留めている、文具用のちいさなクリップをはずした。国友も仕事で使う、バネ部分が黒く、持ち手の部分は銀色のありふれた一センチ大のクリップだ。

そのクリップを目先でちらつかせ、のしかかってくる悟が笑う。

「義政の口から聞きたい」

「な、なにを……」

「気持ちいい、って素直な言葉」

「悟、待てよ、さ、とる……っ、……ッあ、あぁ……っ！」

必死に腰をずり上げて逃げようとしたが、その前に悟の持つクリップに噛みつかれた。

左胸の乳首をちいさなクリップで挟《はさ》み上げられ、一気に神経が燃え立つ。ちいさくてもステンレス製で頑丈にできているクリップは、慣れていない国友には酷すぎる。くちびるや指での愛撫だけでも追い詰められていたのに、きついバネが尖りの根元に噛みつき、どろっとした火の塊《かたまり》のような激痛が絶え間なく突き上げてくる。持ち手の部分を悟に軽くつつかれると、乳首が膨《ふく》らむ錯覚に襲われた。

「さ、とる……っ、やめ……痛っ……」

涙ながらに懇願《こんがん》すると、クリップがはずされる。せき止められていた血流が先端になだれ込み、さらに乳首が大きく膨らむようだった。淫猥すぎる光景に、悟が低く笑う。

「すげえ、やらしい。女でもこんなにいい色にはならないぜ」

「ん――……あ……うっ……」

鋭い痛みを覚えさせられたばかりの乳首に、悟がやさしくくちづけてくる。とろりと唾液《だえき》をまぶし、ごく軽く乳暈《にゅううん》を舐め回されただけでも、無意識に胸を突き出してしまうほどの気持ちよさだった。無機質なクリップできつく挟まれていた乳首の根元を吸われ、国友は、ああ、とせつなげな喘《あえ》ぎを漏らした。吐息《といき》を漏らすたびに、下肢に熱が凝《こご》っていく。

悟のすることに、初めて本心から応《こた》えた瞬間だった。あれだけ酒を飲んだのに、神経はぎりぎりまで研《と》ぎ澄《す》まされ、悟の行為ひとつひとつに、丹念《たんねん》に応え始めている。

――どこまで堕《お》ちればいいいんだろう。

ちいさな意識の揺らぎを見つけたかのように、悟が再びクリップで乳首を挟み上げてくる。今度は右だ。またも炸裂《さくれつ》する新しい痛みに涙し、身体をよじって、「いやだ、はずしてくれ」と頼んだ。

「痛い――いや、だ、悟、頼むから……!」

「我慢しなよ。クリップで挟んだあとに舐めてやると、義政はすごく感じるみたいだからな。……もう少し、待ってみな。俺に舐められたくてたまらなくなるまで」

「……っ、う、っ……」

四肢を押さえつけられ、国友は頭を激しく振って抵抗したが、自分の不用意な動きですら胸への強い刺激に繋がるとわかって、ただひたすら、くちびるを噛んで耐えるしかなかった。

悟がどういう経験を積んできたのか、知らない。どんな女性を抱き、どういう愛撫を与えるのか。

けれど、たったひとつのクリップで大の大人を息詰まらせる手腕《しゅわん》を隠し持っていたことを、まさか自分の身で知ることになるとは思ってもみなかった。

「く——ぅ……っ」

さっきよりも長い時間、嬲られた。右の乳首をぎっちりと挟み込まれる痛みに意識が遠のきそうになったとき、いきなりバチッと音を立ててクリップがもぎ取られた。

激しい痛みに全身が揺さぶられて目を瞠ったが、次には蕩《とろ》けてしまいそうなねっとりと深い快感に襲われた。クリップで真っ赤に腫れ上がった乳首をちゅくちゅくと丁寧《ていねい》にしゃぶられ、根元を嚙まれると、びくん、と背筋がしなる。

「……あ、あぁ、悟……」

「気持ちいい?」

「ん……、ん、……いい……」

屈するつもりはまったくなかったが、耐えられないほどの苦痛を味わわされたあと、嘘のように甘く、やさしく舐められて弄《いじ》られるのがたまらなくよかった。

「……きもち、いい……」

「可愛いよ、義政。気づいてたか? あんた、俺に乳首を弄られている間、ずっと勃起《ぼっき》してたんだぜ」

「え……」

スラックスの上から撫《な》でられることで、熱の塊がむくりと跳《は》ねるのが自分でもわかる。とたんに、羞恥《しゅうち》が身体の奥のほうからこみ上げてきて、「……嘘だ」と声が震えた。

「違う、違うんだ、これは……」

「否定するなよ。いいんだよ、素直に感じれば。さっきあれだけ乳首を弄られたんだから、こっちも反応したって変じゃないだろ？　感度がいいって証拠だ。ああもう、下着までぐしょぐしょになってる」

悟の目が可笑《おか》しそうなことに気づき、ますます追い詰められていく。無理やり犯されているのではなく、少しずつ、少しずつ、悟の手や声、くちびるに反応してしまう自分の身体がつらい。嫌だ、やめろと抗《あらが》っても、悟の手は止まらず、ベルトをゆるめ、スラックスをずり下げていく。

「――あ……！」

剝《む》き出しになった性器がぶるっと下着から跳ね出るのを悟の手のひらにしっかりと捕らえられ、骨っぽいその感触に我慢できず、くちびるをきつく嚙んで射精してしまった。

これには悟もちょっと驚いたようだが、すぐに楽しげに笑い出した。

「マジかよ。ほんとうに感じてるんだな……可愛い、義政、もっと乱れてみろよ」

「っ、ぁ、はぁ……ッ……」

とくとくと脈打ちながら白濁《はくだく》をこぼす性器を執拗にやさしく扱《しご》かれ、いままでとはまったく違う絶頂感に国友は啜《すす》り泣いていた。

胸をいたぶられただけで反応し、達してしまった過敏すぎる身体を、悟はどうしようというのか。

「何度でもイかせてやるって言っただろ。俺じゃないとイけない身体にしてやる」

こころの声を聞き取ったかのように、悟が余裕たっぷりに笑いながら身体を起こし、シャツを脱ぐ。モデルとして鍛《きた》えた見事な身体に、親であり、同性でありながらも一瞬目を奪われた。どんな服を着せても負けることのない、しなやかで強靭《きょうじん》な筋肉を張りめぐらせた裸体を見せつけるようにして、悟が不敵に笑いかけてくる。

瑞々《みずみず》しい肌は二十歳という若さを誇《ほこ》るように室内灯を弾いて輝き、濃い繁《しげ》みを押しのけて勃ち上がる性器も臍《へそ》につくほどに反《そ》り返《かえ》っている。悟のそれは国友のものより一回り太く、長く、エラが抜群《ばつぐん》に張り出している。

先端の蜜口《みつぐち》からとろりとこぼれる透明な滴《しずく》に、ただただ釘付《くぎづ》けになっていた。

「いまからこの身体に抱かれるんだよ、あんたは。怖いか？　少しはぞくぞくするか？　自分で言うのもなんだけど、俺に抱いてほしいっていう男や女はウザイぐらいにいる。でも、俺は義政が抱きたい。中に深く挿《はい》って、かき回して、射精してやりたいのはあんただけだよ」

「悟……どうして、……なんで、そこまで……」

父親の俺に執着《しゅうちゃく》するんだ、という問いかけが口をついて出る前に、悟がみずから扱き上げた雄々《おお》しい肉棒を尖りきった乳首に押しつけてくる。

「あ……っ！」

ちゅぷ、と先走りを乳首に馴染《なじ》ませてくる悟はどこまでも楽しげだ。

「あ、あ、っ……」

男のもので乳首を擦られるという恥辱《ちじょく》に、国友は意識を失うことができなかった。熱い痺れを孕ませたままの乳首を亀頭でぐりぐりと擦られ、眼前で悟のそこがいやらしくひくつき、とろみを肌に残していく淫靡《いんび》すぎる光景からどうしても目が離せなかったのだ。

「熱、い……悟……」

ぬるっ、ぬるっ、と肌を滑《すべ》る男根を口に押し込まれるかと思ったが、悟にその気はないらしい。ただひたすら、情欲の証《あかし》を国友の胸や顔に擦り付けていくことに夢中のようだ。頬やくちびるのきわどいところまで性器で擦られて、外側から、悟だけの匂いや硬さを覚えさせられていく。

悟はなんの計算もなくやっていることなのだろう。本能だけで動いているような悟に翻弄《ほんろう》され、国友は指一本動かすことができなかった。むしろ、それが悟の欲していた形のようだ。受け身である国友の身体に無理強《むりじ》いをさせずにさまざまなことを施《ほどこ》し、どう変化していくのか逐《ちく》一知《いち》りたいらしく、勃ちきった性器をたまに自分で扱いてなだめながら、国友の胸から腰へとくちづけていく。

「悟……ん、んん……っ」

雄同士を重ねて扱いてくる悟に、声が掠れた。くびれとくびれ、竿《さお》が擦れて引きつれるような快感が滲《にじ》み出し、互いのくさむらも濡れてもつれ合っていく。

「こうしてるだけでもスゲエ気持ちいい……。でも、やっぱり、あんたの中に挿りたい」

ちょっと待ってろ、と悟がいったん身体を離して洗面所に行き、ちいさな瓶《びん》を手にして戻ってきた。

「女が使う乳液。ないよりはマシだろ」

瓶に入った乳液を手のひらに塗り拡げ、滑りをよくしたところで、悟がもう一度性器を触れ合わせてくる。それと同時に、国友の奥の窄《すぼ》まりにも指を這わせてきた。

「は……っぁ……ッ、ア」

気遣《きづか》うようにアナルの周囲を柔らかく押してほぐされても、以前、一度引き裂かれた痛みの記憶がまだ残っている。漲《みなぎ》った肉棒を無理やり押し込まれる苦痛は、言葉にならない。そのことを思い出して自然と腰が引けたことに、悟も気づいたようだ。「足、そのまま開いておけよ」と言いながら、顔を近づけてきてくちびるを重ねてきた。

「ン……——っ」

酸素が足りなくて開いたくちびるに、ぬるりと熱い舌がもぐり込んでくる。やさしく搦《から》め吸われるくちづけに、身体の強張《こわば》りがじょじょにほどけていくのが国友にもわかった。ただのキスで懐柔《かいじゅう》されるとは思いたくないが、汗で額《ひたい》に張り付いた髪を梳《す》き、くちびるをそっとついばみながら唾液を交わしてくる悟にいつもの荒々しさはない。

甘く感じる唾液をとろとろと流し込まれ、国友は喉《のど》を鳴らして飲み込んだ。それと一緒に、アナルの周りを探っていた指がすうっと挿り込んでくる。

「ん、っ……ふ……っ……」

「大丈夫、気持ちよくしてやるから。俺に任《まか》せな」

くぐもった声の悟がキスを続けながら、奥へ奥へと指をもぐり込ませ、じわりとした熱を孕ませるように肉襞《にくひだ》を引っかいていく。前は性急にほぐされたが、今夜は違う。内側の違和感が時間を追うごとに馴染んできて、ぬるっ、ぬくっ、と時間をかけて指を出し挿《い》れされるたびに粘膜《ねんまく》がしっとりと潤《うるお》い、淫蕩《いんとう》にひくつき出す。

男を受け入れる身体に変わっていくのだと実感した。それが国友には怖い。力ずくで奪われれば記憶には激痛と憎しみしか残らないが、こんなふうに肌が疼くほどの愛撫を施されてしまうと、もう、後戻りができない。

――悟のせいにできなくなる。俺自身が身体を明け渡してしまう。

「ここ、……いいのか？　腰が揺れてる」

「ぁ、ッ、ん……ぁ、ちがっ……」

いつの間にか指が増やされていて、窮屈《きゅうくつ》な感覚が一段跳ね上がる。けれど、ローションの助けを借りてぬるみを増した肉襞が悟の指を旨《うま》そうにしゃぶり、引き抜かれるとぬちゅりと音を立ててしまうぐらいだ。襞《ひだ》がさざ波のように打ち震え、悟の指の挿入に合わせてうねり出す。

いまにも意識が飛びそうだが、俺を抱いているのは血の繋がった息子だ、という理性の欠片《かけら》が引っかかっているせいで、瀬戸際《せとぎわ》まで詰め寄られても貪欲《どんよく》に求めることができない。

「悟……さとる、……もぉ……っ……いや、だ……」

「いやって、どのことだよ。指を抜いて全部やめてほしいのか？　それとも、もっと俺が欲しいか？　言えよ。ちゃんと言えたら、義政の言うとおりにする」

「……っく……！」

「この期《ご》に及《およ》んで言わないつもりか？」

指を激しく挿れてかき回す悟が顎《あご》を押し上げ、深く舌を搦めてくる。互いに勃起した性器が濡れて擦れ、強烈な刺激に耐えきれずにまた放ってしまった。

「あ、あ――、ぁ……っ」

間隔を置かない射精を戒《いまし》めるように、悟が性器の蜜口を指でふさぎ、くびれを締めつけてくる。全身の血が逆流しそうな快感が暴れ狂い、国友はとうとう泣きじゃくり出した。

「や、いや……っぁ、あ、う……っ」

「義政が素直に俺を欲しいと言わないからだろう」

眉根《まゆね》を寄せた悟が身体をひねってベッドサイドに置いていた細長い携帯電話を取り上げる。脇には、国友の携帯電話も置いてあった。

悟が自分の携帯電話にローションを垂らす様に、炎《ほのお》のような息が胸の奥からせり上げてくる。なにをされるのか、想像できない。したくもない。

「悟、待てよ、……っん、んっ！」

ベッドに四つん這いにさせられ、尻を高く上げることを要求された。当然、そんな格好《かっこう》は嫌だと抗ったが、ペニスを嬲られてしまい、言うことを聞かざるを得なかった。

ローションでべとべとになった携帯電話が、アナルにゆっくりとねじ込まれていく。

いくら小型の携帯電話といっても、想像していなかった異物感にとめどなく涙があふれた。

「き、つ……っい、抜いて、いやだ、こんな、の……っぁ、う……っ」

半分ほど押し込んだところで、薄笑いを浮かべた悟が国友の携帯電話を手にし、勝手にアドレスを開き、どこかへとかける。

「あ、ああっ」

身体中を揺さぶる、おぞましいほどの快感だった。

ブゥーン……と低く唸《うな》り、肉襞を痺れさせる振動に、国友は身体を大きくバウンドさせた。

「携帯電話を突っ込まれてよがるのか。俺じゃなくてもいいってことか？」

「ち、が……う、抜けよ、抜いて……っぁ、あぁっ、や……！」

バイブレーションは六回続き、果てそうになったところで留守電に切り替わったのか、止まった。しかし、悟はまたも自分の携帯電話を国友の中で鳴らす。濡れて、壊れても構わないのだろう。国友自身が、『欲しい』と訴えるまで許さないつもりだ。

「あ、っ、悟、さとる……っ」

四肢を汗でしとどに濡らした国友は、悟に正面を向かされて足を拡げさせられ、痴態《ちたい》をあますところなく晒《さら》す羽目《はめ》になった。クリップでいたぶられて赤く突起した乳首も、続けて達したことで白濁にまみれた恥毛もペニスも、携帯電話を咥《くわ》え込まされて蠢《うごめ》くアナルも、すべて悟の視線で沸騰していく。

手に届きそうで届かない絶頂を求めて、国友は力を振り絞って悟に抱きついた。

――今夜だけ、もっと。

この言葉を口にすれば自分も同じ罪に堕ちるとわかっていても、いまはもうなにも考えられない。悟のことしか頭にない。悟を全身で感じることしか考えられなかった。

「……ほしい……悟、……お願い、だから……もっと……」

「もっと、なに？」

尻の狭間《はざま》に硬い男根をあてがわれ、涙で息が詰まりそうだ。このままひと思いに殺してくれたら、とさえ思うほどの期待と絶望に苛《さいな》まれながらも、国友はとぎれとぎれに最後の言葉を呟

悟
0901XXXXX25
ADD
CLEAR

いた。

「悟が、もっと……、欲しい」

「──ずっと聞きたかったぜ、その言葉。俺のものにしてやる」

「あ、あ──ッ……あっ……！」

携帯電話が突然抜かれたかと思ったら、もっと熱くて硬い、恐ろしいほどに大きなものがずくりと抉《えぐ》り込んできた。

最初のときとはまったく違う。あのときはただがむしゃらに貫かれ、悲鳴を殺すしかなかったが、今夜の悟に貫かれたとたん、全身がたわむほどの灼熱《しゃくねつ》の絶頂感に襲われた。

「あっ、んぁ……ッ、イく、や、イく……っ」

ペニスは硬度を保ったままだが、精液は出ない。なのに、頭の中まで串刺《くしざ》しにされたようなひどく熱い絶頂感にくるみ込まれ、悟の腰遣いに翻弄された。

肉洞を淫《みだ》らに穿《うが》つ音と一緒に、ふたりぶんの荒い息遣いが部屋中を満たした。

「見せろよ、俺のもの咥えてるところ」

「あぅ……っ」

恥ずかしいほどに大きく足を開かされた。

性器が充血して勃起しているうえに、窄まりを悟の大きなもので貫かれて感じている自分を認め、啜り泣きながらぎこちなく腰を揺らした。

どこもかしこも悟の痕がつけられ、隠すことができない。

ぐっと腰を突き挿れてくる悟も本気になったようだ。蕩けた襞をまといつかせるように激しく突き上げてきて、国友の息が切れるのにも構わずに深々と貫いてくる。

「あ――……悟、挿って、くる、……」

肉と肉が蕩け、それでいて弾き合うようなたまらない快感に、国友は涙混じりの愉悦《ゆえつ》に満ちた声を上げた。それが悟を駆り立てるのだろう。腰骨を痛いほどに摑んできて、ぐぐっと突き込んでくる。

「ん、んっ、ぁ……！」

「……最初は、あんたの中に出す。その次は、顔に出してやる」

ぎりぎりまで引き抜き、笠《かさ》が張った亀頭で感じやすい国友のそこをじゅぽじゅぽと浅く突く悟の声も快感に低く掠れていく。

国友自身が放った精液やローションで白く泡立《あわだ》つ液がまとわり滴《したた》る陰部を押し拡げ、赤黒く怒張《どちょう》した男根が飽きたらずに激しく挿入する。

本来、感じるはずのない場所を性器として擦られまくったことで肉洞全体が潤んで火照《ほて》り、悟の侵入を悦《よろこ》ぶのを、国友はひどく恥じ、泣きながら感じた。

「ッひ……、ンあぁ、あ、……もっと、奥……っ、もっと、欲しい……っ、ッあ、あっ！」

ずん、と脳天を貫くような深さで悟が挿ってきたことで、国友はもう何度目かわからない絶頂に追い詰められていく。すぐに悟も覆い被《かぶ》さってきて、身体を大きく震わせた。

「あ……ッ……また、ぁ、……ッ……」

熱くてたまらない最奥にどろっとしぶきを受けて、よがり狂ってしまう。悟の射精は長く、量もたっぷりとしていて、受け止めきれない。挿入したまま、とろりと腿《もも》に伝い落ちるそれを指で舐め取る悟が片頬を吊り上げて、「もっとだ」と笑う。まだ硬いままのそれを動かし、国友の隅々《すみずみ》までを濡らす余韻《よいん》を愉《たの》しむ顔だ。

乳首をきつくつねられてよがる国友をの痴態をじっくりと眺《なが》め、舌なめずりをする悟の口の端に鋭い牙《きば》が見えた気がした。

「もっと、義政を味わいたい。もっと、もっと、もっと、もっと」

「……悟……」

底のない飢えた若い男の求め方に、うなじがちりちりと熱くなっていく。

国友の声が嗄《か》れ、最後にはなにも言えなくなっても、悟は貪《むさぼ》り続ける。絶対にそうだ。

「あ……」

「しゃぶらせろよ」

惜しむように身体を離す悟はひと息つく間もなく、国友の下肢に顔を埋《うず》める。

いつものようにそこに指を絡《から》ませて勃たせ、熱く濡れた舌で国友の性器を啜り舐めてくる。

くさむらを舌先で器用にかき分け、まだ蜜の詰まった陰嚢《いんのう》を口に含んで柔らかく転がされると、もうだめだ。

限界まで達し続けたことで先端がひくひくと弱く脈を打ち、薄い滴しか出ないのに、それさえも舐め取ろうとする悟の執念深さ《しゅうねんぶか》に背筋を震わせながらも、意識はこれ以上ないほどに沸《わ》き立っていた。

しゃぶられ、噛まれ、くちづけられた最後に硬い胸に抱きすくめられ、幾度も昇り詰めて、悟のための身体に変えられていくことに、国友は抗えなかった。

深すぎる官能に飲み込まれ、時間の観念を失っていた。

常識や良心も、いまは欠片もなかった。もし、それらがあったとしても、悟が粉々に踏み砕いていたはずだろうから、国友は無心になって求めた。

――いけないことだとわかっていても、今夜だけ、悟が欲しい。

そのまやかしも、朝が来れば解けることもこころのどこかで知っていたが。


ホテルで狂おしい夜を過ごしたあと、国友の憂鬱《ゆううつ》はますますひどくなった。このままでは、悟も自分もいずれ完全に破滅する。抱き合っていた最中は我を忘れてひたすら快楽に溺れたが、当たり前のように朝が来て、隣に熟睡する裸の悟を見たときには、――悟を殺して、自分も死んでしまおうかと仄暗い《ほのぐら》想いが胸をよぎった。

息子に抱かれて何度も達し、中に出されてもなお熱っぽい吐息をついたことは悪い夢でも嘘でもない、現実だ。彼の愛撫に応えた時点で、すでに自分も共犯者だ。

あの晩、身体を許してしまったことで悟は度胸がついたようだ。来る日も来る日も国友を求め、自宅に預かったままでいる田端の目を盗《ぬす》み、二階のトイレに閉じ籠《こ》もっては下肢に手を伸ばしてくる。

『あんたの精液ってホント、癖《くせ》になる。毎日搾《しぼ》り尽くしてやる。そうすれば俺以外の奴に目移りできないだろ』

連日の要求に応えられるほどタフでもないし、若くもないのに、悟に触れられるとたががはずれるようで、意志とは裏腹に肌が疼いてしまう。

——いつか壊れる。こんなことを続けていいはずがない。

日中は心療内科医としての仕事に没頭しても、家に帰れば息つく間もなく悟に耽溺《たんでき》され、しだいに毎日の眠りが浅くなり、嫌な夢ばかり見るようになった。家に帰らないという方法はもう使えない。連絡を絶とうとしても、悟にかならず見つけ出されてしまうのだ。

けっして、繋がってはいけない関係なのに応えてしまった自分が許せなかった。悟を憎むよりも、自制心が利《き》かないおのれを深く恥じ、慚愧《ざんき》の念に囚《とら》われた。

「……どうすればいい……？」

昼間の高校のカウンセリングルームで虚《うつ》ろに呟き、机に向かっていた国友は組んだ両手に強く額を押し当てた。幸い、今日は偏頭痛持ちの女生徒である小島《こじま》も、ひそかに家で預かっている田端も誰もこの部屋に来ていない。もう、あと一週間もすれば学校は冬休みに入る。大学生の悟はすでに休みに入っており、モデルとしての撮影で出かける以外は自宅でのんびりしていた。田端の傷については、『自傷行為だ』と言い切っただけあって、同居が二週間以上に及んでも、ほとんど言葉を交わすことはないようだ。

田端とも、彼の親とも一度腰を据《す》えて話をしなければと思うのだが、いまの自分には考えなければいけないことが多すぎる。田端のほうもなんとなく以前とは家の中の空気が変わったことを敏感に察したのだろう。昨晩の夕食の支度《したく》時に、『先生、最近忙しそうだけど大丈夫ですか？』と気遣う言葉をかけてくれたものの、『ああ、うん、まあ』と半端《はんぱ》なことしか答えられなかった。言外に、『俺がいたら迷惑ですか』というような雰囲気《ふんいき》を感じ取ったから、『気にしないで、自分の家だと思ってゆっくりしていいから』とその場しのぎの慰《なぐさ》めを口にしてしまった。

これでも医者か、情《なさ》けない、と自嘲《じちょう》するしかなかった。他人のこころを癒《い》やすはずの自分が、解決の糸口も見つからない暗黒に囚われ、身動きが取れなくなっているなんてどういう皮肉だろう。

年末年始は国友も日付どおりに休みを取る。家にいる時間が増えれば増えるほど、悟の要求は濃度を高める気がする。

その前に、なんとしてでも一線を引かなければ。どうあっても、悟と自分は血の繋がった親子で、不埒《ふらち》な熱を分け合ってはいけないのだと断ち切らねば、いずれ気が狂う。堕ちるところまで堕ちてしまえ、と囁く本能に軽々しく身をゆだねるほど、自分は浅はかじゃないと信じたかった。

悟がなぜ自分を求めるのか、根本的なことを問《と》い質《ただ》したい気もしたが、そんなものを聞いていまさらどうなる。『バーで出会ったあんたに一目惚れしただけ』というでたらめにそそのかされて、ホテルであんなにも激しく抱き合ったが、悟の若さを考えれば一時的な激情に流されている可能性が高い。

――悟はたまたま男に興味があって、たまたま俺が手の届く範囲にいたから、味見をしているだけだ。そのうち、目移りする。俺に飽きて、べつの誰かを抱くはずだ。あの夜みたいに甘く強引《ごういん》に囁いて、そのこころも身体も征服《せいふく》するはずだ。

そう考えたとたん、こころがすうっと冷たくなっていく。

いまの自分をどんなになだめても、渦中《かちゅう》にあるだけに無理だ。落ち着くどころか、妙な焦《あせ》りが高まるばかりだ。

血の繋がりさえなければ。ほんとうに赤の他人だったら、どんなによかったか。たとえ、同性に抱かれる心地よさを教わったとしても、悟が他人であれば堂々と別れることができるし、後腐《あとくさ》れもない。

だが、悟が息子であることは周知の事実だし、戸籍にもそう記されている。どうやってもひっくり返せない現実から目をそらして、危なっかしい関係を続けていくことは絶対にできない。悟はいままでどおり平然とした顔で近づいてくるだろうが、自分のほうが先に破綻《はたん》する。

遠くから、一日の授業が終了したチャイムがかすかに聞こえてきたが、国友は自分のこころの中に深く入り込みすぎ、ぼうっとしていた。

ふと気づけば、あの夜のことばかりを克明《こくめい》に思い出している自分がいる。

悟の声、熱、身体の厚みや骨の硬さもはっきり覚えている。どんなふうに触れてきて、どんなことを囁きながら挿ってきたかも全部覚えていて、思い出すたびに自分の中に棲《す》む悟の輪郭《りんかく》が強くなっていく。

「……やめろ……もうやめろ……！」

頭を鷲掴《わしづか》みにしてぐしゃぐしゃとかき回し、蒼白《そうはく》になった国友は乱暴に立ち上がった。

いますぐに荷物をまとめて、あの家を出なければ。これからどうなるかなんてことは、あとで考えればいい。とにかく悟の目のつかないところまで逃げなければ、ほんとうにおかしくなる。もしくは悟に手をかけて、自分もあとを追うことになる。最悪の事態を免《まぬか》れるためには、一刻も早く強硬手段に出たほうがいい。

仕事をどうするかということについて、一瞬ためらったときだった。カウンセリングルームの扉を叩く音がしたあと、「国友先生、いますか？」と覚えのある声が聞こえてきた。

田端だ。

礼儀正しく、二度ノックしたあと、扉を開いて入ってきた田端は鞄を提《さ》げていて、目が合うなり、「先生、あの」と声を詰まらせる。

「授業が終わったから一緒に帰ろうと思って寄ったんですけど……どうしたんですか、先生。顔、真《ま》っ青《さお》ですよ」

「ごめん、なんでもないんだ。それより田端くん、急で悪いんだが……、いったん、ご自宅に戻ってみるのはどうかな」

「え？　でも、先生、昨日までは『ゆっくりしていいから』って言ってたのに」

「すまない。急遽《きゅうきょ》、仕事で数日間、家を空けることになったんだ。……悟も、モデル仕事でロケに行くらしくてね。家には誰もいなくなるんだ。きみひとりを置いておくのはやっぱり心配だし、ずっとこの状態を続けていくのもよくないだろう」

「でも……あの、俺にかかってるぶんのお金ならちゃんと渡しますから」

家にいさせてください、と言いかけた田端を、「ごめん、そういう問題じゃないんだ」と断《だん》腸《ちょう》の思いで遮《さえぎ》った。

大人として、彼を見守ると約束したカウンセラーとして、中途半端なところで目を離したくないのだが、いまは状況が悪すぎる。

「きみが自宅でつらい想いをしているのはよくわかっている。だからといって、この先も僕の家で過ごすわけにもいかないだろう？　僕も立ち会うから、ご両親と一度、じっくり話し合おう。そのうえで、なんらかの解決策を探そう」

「……解決策、ですか」

悄然《しょうぜん》と肩を落とす田端を勇気づけるように、「ああ、きっと見つかるはずだ」と国友は声に力を込めた。田端が置かれている状況を好転させるような解決策がすぐに見つかるかどうか、正直なところ、わからないというのが本音だが、自分と悟の複雑な家族問題を勘《かん》づかれるのだけは避けたい。

けっして、田端を見放すつもりはない。自己本位なのは百も承知だが、まずは悟との問題を片付けなければ、田端へのアドバイスも薄っぺらいものでしかなくなる。上《うわ》っ面《つら》だけの美辞麗《びじれい》句《く》や励《はげ》ましほど、役に立たないものはない。

「仕事が落ち着いたら、きみの問題にももう一度取り組む。勝手なことを言ってほんとうにすまない。許してほしい」

「……先生」

「早速で悪いんだが、これから田端くんのお家《うち》にお邪魔《じゃま》してもいいかな。きっと、お母さんがいらっしゃるよね？」

「たぶん。でも……」

まだなにか言いたそうな田端が語尾を弱らせる。国友の決然とした構えに、どんなに言い募《つの》っても無理だと悟《さと》ったようだ。諦めた顔で、国友とともにカウンセリングルームを出た。

田端の自宅は、学校から三十分ほど離れた住宅街にある。彼を預かると決めたときと、その後にもう一度、母親と話がしたくて田端の家を訪ねたことがあったが、インターフォン越しでしか対応してもらえなかった。

夕方の四時過ぎなのに、すでにあたりは暗い。裕福な暮らし向きの田端の家は堂々たる鉄柵《てっさく》の門構えで、生い茂る木々の向こうに凝《こ》った造《つく》りの建物が灯りに照らされている。確か、田端の父親は業界でも名の通る建築家だ。木材と特殊な金属の素材を組み合わせた建物は、そのまま雑誌の表紙を飾れるような存在感だが、その中に住むひとびとは田端実《たばたみのる》というひとり息子に対して冷ややかだ。

仕事のできる父親は外に愛人をつくり、なかなか家に帰ってこない。恵まれた生活を与えられた母親は寂しさをまぎらわせるために昼間から酒浸りだ。

立派な家には、田端専用の部屋ももちろんあるのだろう。そこにどんな高価な家具がそろっていようとも、窓から見える庭が美しかろうとも、田端にとっては居心地《いごこち》が悪い部屋でしかなかった。だから、国友の家にずっと居続けたのだ。

うつむく田端を隣に、チャイムを押したが、誰も出てこない。

「もしかして、どなたもいらっしゃらないのかな」

「いや、たぶん寝てるだけです。家政婦も、もう帰っただろうし」

醒《さ》めた声音《こわね》で田端が鍵《かぎ》を取り出して門を開く。いまの言葉だけでも、田端の家庭がどれだけ荒廃《こうはい》しているか推《お》し量《はか》れるというものだ。田端の母親は家事の一切合切《いっさいがっさい》を放棄《ほうき》し、家政婦に任せきりにしているらしい。

「先生、こっちです」

初めて足を踏み入れた田端の家は、渦模様《うずもよう》が美しい緑がかった大理石を敷き詰めた玄関からして豪華《ごうか》なものだ。天井も高く、二階まで吹き抜けの螺旋階段《らせんかいだん》が設《しつら》えてある。

「母なら、奥にいるはずです。どうぞ」

「あ、……ああ、うん、お邪魔《じゃま》します」

無表情の田端にうながされて、廊下の先を歩いた。広い家なのだろう。二階も含めたら何部屋あるのかわからないが、親子三人で住むには妙に寒々しい。物音ひとつ、どこからも聞こえてこない。

「この部屋……で、いいのかな？」

「はい」

廊下の突き当たりにある扉を自分が開けてもいいのかどうか迷ったが、田端は背後に隠れている。

――長い間、家に戻らなかったことを怒られるのが怖いんだろうか。

もし、そうならこれ以上問題がこじれないようにきちんと話をし、改善が難しいようであれば、国友の家に戻らせるのではなく、然《しか》るべき施設にいったん身を預けさせようと考えていた。

扉を開けた先は、がらんとした人気《ひとけ》のないリビングだ。暖炉《だんろ》が奥に見えるが、火は焚《た》かれておらず、穴蔵《あなぐら》のように暗い口を開けている。十人は軽く座れるだろう革張りのソファにも誰も座っていない。田端の母親らしき人物はどこにも見あたらない。

薄暗い室内に不穏《ふおん》なものを感じ、「田端くん」と呼んだ。返事はない。振り返ると、背後にいたはずの田端は少し離れた部屋の扉を開けており、国友の呼びかけに気づいて近づいてきた。

「――田端くん」

確信に満ちた足取りと、開き直ったようなふてぶてしい顔つきに呆気《あっけ》に取られた。見慣れた、おどおどした田端とはまったく違う。

「先生まで俺を見捨てるの?」

彼が右手に握る長い棒状のようなものに目を落とした瞬間、ガツッと激しい衝撃音とともに頭が大きく横に揺さぶられたところで、国友の意識は完全に途切れた。

意識は鈍い痛みをともない、遠くから届く波のように少しずつ形を成し始めた。

ここはどこなのか。動こうとしても動けない。自分はどうしてしまったのか。いったい、なにがあったのか。せっかく浮かび上がっても再び沈みそうな意識を必死に繋ぎ合わせていくうちに、後頭部に強烈な痛みを覚えて思わず呻《うめ》いた。

「……ッつ……！」

「先生、無理しないで。どうせ動けないんだからさ」

にやにや笑う田端が、床に倒れ込んだままの国友の目の前を行ったり来たりする。

背中に回された両手首、両足首ともにきつく紐《ひも》で縛られていて、どうにも身動きが取れなかった。

「田端、くん、どうして、こんなことを……」

どうやら田端に殴《なぐ》られたようだ。殺すつもりはなかったのだろうが、ずきずきと頭が割れるように痛む。

「俺にやさしくしてくれるのは先生だけでしょう？　なんでもするから捨てないでよ。ずっと俺のそばにいてよ」

陰惨《いんさん》な微笑《ほほえ》みを浮かべる田端が慣れた感じで金属バットを振り回していることに気づいて、すべての疑惑が一気に氷解した。

「まさか、……まさか、きみがあの連続暴行事件の……」

「まあね。結構うまくやってきたから警察にも学校にもバレずにすんでたんだけどさ……、先生が急に俺を家に戻すなんて言うから、つい殴っちゃった。ごめんね、痛かったよね？」

床に突き立てたバットのグリップの先端に顎を乗せて、様子を窺ってくる田端の剣呑《けんのん》とした笑い方に、全身が震え上がるほどの怖気《おぞけ》を感じる。

いままで目にしてきた内気な素振《そぶ》りは、嘘だったのか。全部、演技だったのか。

彼の左半身に集中した傷は自作自演だと、悟は早々に見抜いていた。あの言葉をもっと真剣に受け取っていれば、いま、こんな目には遭《あ》っていなかっただろうか。

「どいつもこいつも目障《めざわ》りなんだよ。俺が苦しんでるのに知らん顔して、自分ばっかりしあわせそうなツラしやがって」

「だから、無差別に他人を殴ったっていうのか？」

「そうだよ」

それのどこが悪い、とでも言いたげな田端がくちびるの端を歪《ゆが》ませる。

「でも、先生はこれ以上殴らないから。おとなしく俺の言うこと聞いてくれれば殴らない。先生だって、誰にも知られたくない秘密があるでしょ？」

悪意をふんだんにちりばめた声に知らず知らず眉をひそめた。

「……なんのことだ」

「なにそれ。二週間以上も俺を住まわせておいて、なにも気づかないとでも思ってんの？　そこまで俺のことを信じてたの？　それとも、バカにしてた？　――先生ってさぁ、見た目よりずっとやらしい声、出すんだね。男に興味がなかった俺でもちょっと催《もよお》しちゃったよ」

「……田端、くん……」

「先生って男が好きなんだね。自分の息子に犯されてよがるような淫乱だったなんて、俺、全然知らなかった」

「やめろ！　違う！」

嘲笑《あざわら》う声に激怒《げきど》したとたん、バットの先で顎をきつく突き上げられた。

「なにが違うんだよ。全部ほんとうのことだろ。毎晩毎晩、ふたりして二階のトイレに閉じ籠もってただろ。あいつに犯《や》られて喘ぐ声、聞こえたよ。いまさらへたな嘘つくなよ。……ね、どこまでしてたの？　口だけってことはないよね。もしかして、本気で尻に挿れさせてたの？　気持ちいい？　感じるの？　先生、無理やりされるのが好きなの？　俺もしてみてもいい？」

「や、……やめろ……ッやめろ！」

うわずった声でバットを股間《こかん》に滑らせてくる田端から逃《のが》れようとして懸命にもがけばもがくほど、両手足を縛る紐がきつく食い込んできて痛い。

「自分の息子に犯されて気持ちいいです、って世間にバラされたい？　いやでしょ？　信頼を失いたくないでしょ？　先生も、悟さんも将来を壊されたくないでしょ？」

バットで股間を擦ってきた次には、尻を軽く叩いてくる田端の精神状態を疑っている暇はない。彼はいたって正気で、みずから狂った道を進んでいるだけだ。

赤の他人を待ち伏せて襲うことに慣れている田端は、暴力がどんなものかよくわかっている。クラスメイトに苛められたというのは、たぶん嘘じゃない。半分ぐらいは真実で、蹴られたり殴られたりしていたのだろう。内向的に見せかけ、わざと怪我《けが》することで周囲の同情を引きやすい現実も、力をふるうことで他人を掌握《しょうあく》する術《すべ》も熟知《じゅくち》しているのだ。

他人を欺《あざむ》く、という点において、田端は抜群《ばつぐん》に抜きん出ている。それが、誰も彼を守らない豪奢《ごうしゃ》で無意味なこの家で育《はぐ》まれた性質なのだと知り、額に汗を滲ませた国友は身体ごとずり上がろうと必死になった。

誰も彼の正体を暴けなかった。警察も学校も、田端のこころの動きをそばで見守り続けてきた自分でさえも。

「先生、とりあえず俺のをしゃぶってくれる？　それがよかったら、突っ込んであげるよ」

「……やめろ！　触るな！」

「そんなに暴れるなって。また殴られたい？　ああ、そのほうが楽かな。失神している間に犯したほうが先生も俺も楽だよね」

「……っう……！」

しゃがみ込む田端に髪を痛いほどに摑み上げられ、その目の奥に広がる救いがたい闇《やみ》に呑み込まれる前に強く瞼《まぶた》を閉じようとした。

だが突然、荒っぽい足音が遠くから聞こえ、田端がはっと顔を強張らせる。その後に起こったことは、ほんとうに一瞬の出来事だった。

「馬鹿野郎、なにしてんだ！」

怒鳴り声とともに長身の男が駆け込んできて、迷わずに田端を殴り飛ばした。

「ッ……！」

「悟！」

思いきり殴られた田端が取り落としたバットを拾い上げた悟が、激しく肩を上下させながら国友を守るように立ちふさがる。

「大丈夫か、父さん、殴られたのか？」

「……悟、どうして……わかったんだ……ここに、いるって……」

手足の紐を解いてくれた悟に抱き起こされても、状況がうまく呑み込めなかった。

ついさっきまで、田端は殊勝《しゅしょう》な顔を見せていたのに、突然豹変《ひょうへん》した彼に殴りかかられて意識を失い、気づいたら最悪の状況に置かれていた。

手足を拘束《こうそく》され、ひとを殺せる道具を持った田端を前に、もうどうにもならないかもしれないと絶望しかけた寸前に、悟が駆けつけてくれた。そして、助けられた。まだ、夢を見ているようだ。

「こいつの動向がここ最近どうも怪しかったから、学校のそばの喫茶店《きっさてん》で張ってた。ふたりで家に帰ってくるかと思ったんだけど、ちょっと目を離した隙にあんたたちがいなくなったから、慌《あわ》てて家に戻ったんだ。でも、いなかった。だから、ここに来た」

「……へえ、すっげえ愛ある話で泣けちゃうね。そんなに自分の親父が好きなのかよ。犯すぐらいにさ。気持ち悪くてゲロ吐きそう。なんなんだよ、おまえら。親子で犯りまくってること、否定しないのかよ」

ふらつきながら立ち上がる田端がげらげら笑い、国友と目が合うなり、すぅっと目を細める。

「先生、息子にだっこされてお姫様気取り？　でも淫乱だろ。ドスケベなケツを自分の息子に犯されて悦んでるんだろ。あんたも息子もそろって頭がおかしいとしか思えないよな」

吐き捨てた田端に、金属バットを握り締めた悟は微動だにしない。天井を見上げて深く息を吐き出し、深い感情を宿した目でぎらりと田端を狙い澄ます。

「おかしいのは最初から承知の上だ。――俺は父親の義政だけが本気で好きなんだ。もう十五年ぐらい前からずっと。肉親にそんな感情を持つ俺がおかしいことぐらい、自分でよくわかってる」

低く、真摯《しんし》な声に国友は目を瞠った。

悟の想いを、初めて聞いた。

あの終わりない情交に繋がる悟の想いは一過性のものではなく、啞然とするほどにずっと昔――十五年前に、すでにもう、生まれていたのだ。

「……いつ誰が義政に手を出すか、気が気じゃなかった。俺はけっして父さんを傷つけるつもりはなかった。ちゃんと順序を追って打ち明けたかったけど、職場の女に続いて、おまえまで割り込んでくるから、計算が狂った」

「え、なに、俺のせいにすんのかよ。自分の親父に欲情するなんて、おまえ、本気でおかしいんじゃん？　ビョーイン入ったほうがいいんじゃねえの？　だっておまえの親父、もう三十六だぜ？　中年の男相手になにサカッて……」

「それ以上、義政を貶《おとし》めるなら殺してやる。俺はとっくに覚悟を決めてるんだよ。義政に指一本でも触れる奴がいたら殺す」

「やめろ、悟！　もうやめろ！」

バットを振り上げた悟を全力で引き留めたが、盛り上がる肩の筋肉に弾かれそうだ。

悟が全身から発する気迫に、田端は頬を引きつらせて笑おうとしているが、失敗し、後ずさりしている。

「おまえらの関係をバラされてもいいのかよ……めちゃくちゃになってもいいのかよ！」

「やれるもんなら、いますぐやれ。先に言っておくが、俺は馬鹿なおまえと違う。伊達《だて》に、誰にも言えずに十五年も肉親を愛してきたんじゃねえよ。一時の感情に任せて他人を殴るような卑怯《ひきょう》な暴行犯の言うことを、誰が信じると思うんだ？　俺たちの関係を吹聴《ふいちょう》したいなら、好きなだけ言えよ。それで、おまえが満足するならな」

毅然《きぜん》とした悟の覚悟が伝わったのだろう。

青ざめた田端がよろけ、壁にもたれてずるずるとしゃがみ込んだのを見届けた悟は携帯電話を取り出す。

「もしもし、――連続暴行犯を捕まえました。住所を伝えます」

悟が警察に通報したことで、十数分後にはにわかにあたりが騒がしくなった。

未成年者の逮捕に、緊張の面持《おもも》ちをした刑事に悟が事のあらましを簡潔に伝え、まだ殴られた痛みが引かない国友も言葉少なに事情説明に応じた。

自分と悟、田端の三人の間だけで交わされた壮絶《そうぜつ》なやり取りは絶対に秘密にするという暗黙の了解が、いつの間にかできていた。

ふと振り向くと、田端が警官とともに部屋を出ていくところだった。深くうなだれていたので、どんな表情をしているのか最後までわからなかった。

悟が肩を軽く叩いてきた。

「父さん、帰ろう。詳《くわ》しい事情を話すのは後日で構わないらしい」

「病院に行かなくても大丈夫ですか？　殴られたという話ですが」

刑事の気遣う言葉に、国友は、「いえ」と首を振って体面を取りつくろった。

「大丈夫です。私自身が医師ですから、変調をきたすような傷ではないことは確かです。……家に帰って休みます」

「わかりました。どうかお大事に。また、日を改めて事情をお聞きします」

刑事に頭を下げて田端の家を出ると、赤いランプを点けたパトカーが二台停まっていた。サイレンは耳にしなかったと思うのだが、平凡な日常を崩す危《あや》うさに近所のひとびとはすぐに気づいて表に出てきたのだろう。不安そうな顔で何事か呟いている。

「……田端さんちの子がなんか事件を起こしたらしいのよ」

「あの暴行事件の犯人なんでしょ？　おとなしい子だと思ってたのに怖いわねえ」

「でも、やっと捕まってほっとできるじゃない。あそこの奥さんも旦那《だんな》さんも、ほら、前から仲が悪いって噂《うわさ》があって……」

好奇と惑《まど》いが混ざり合うひそひそとした声を耳に入れるまいとし、国友は悟とともにタクシーの走る大通りへと急いだ。

車中では沈黙を守っていた悟が、疲《つか》れたような声を絞り出したのは、自宅について扉を閉めてからだった。

「父さん、俺が暴行犯だと疑ってただろ」

「……悟」

「パソコンをのぞかれたことは気づいてた。俺は父さんを力ずくで抱いた。疑われてもしょうがないってわかってるよ。でも……ごめん、俺もちょっと疲れたし、混乱してる。いろいろ落ち着くまで、しばらく家を離れる」

そう言って二階に上がっていく悟を止めることができなかった。さまざまなことについて話し合わなければ、とは思うものの、国友の神経も疲労困憊《ひろうこんぱい》の極《きわ》みに達していた。

ひとつひとつの出来事について真剣に話し合い、なんらかの答えを得ようとするだけの気力は、いま、ない。

数分してから階段を下りてきた悟は海外ロケに行くときに使うデイパックを背負い、玄関の上がり框《かまち》で立ち尽くす国友としばし視線を交わしたあと、「じゃあ」と乾いた声で呟いて出ていった。

国友は長いことその場を動けずに、まばたきすることも忘れて、悟がみずから閉じた扉を見つめていた。

田端が捕まり、悟が出ていき、ひとりになった。

信頼を失い、愛情を失い、孤独になった。

いったい、なにがきっかけでこんなことが起こったのだろう。

悟が家を出ていってから夢のように二日が過ぎ去った。田端について警察と話し合わなければいけなかったので、同僚の中でもっとも親しい医師だけに事情をかいつまんで話し、数日間、休みを取ることにした。ちょうど年末に差し掛かっていたので、切りよく、次の出勤は年明けでも構わないということになった。

『あの暴行犯に襲われたのか？　国友先生に怪我が少なくてなによりだったな』

労《いたわ》りの言葉を複雑な心境で聞き、「迷惑をかけてすまない」とだけ言った。田端の中に積み重なっていた鬱屈《うっくつ》を増長させたのは自分だったのではないのかと苛まれていたのだ。

──あの子のこころを俺は読み違えていた。軽々しく自宅に招いたことで、彼の飢えた愛情を深めてしまったのかもしれない。

警察に赴《おもむ》き、田端に会えないかと頼み込んでみたが、取り調べが始まったばかりで無理だった。彼の両親もさすがにこの一件には驚き、早々に弁護士の手配をしたらしいが、捕まったあとの田端は非常に口が固く、事件については沈黙を守り抜いているようだ。

「少しでもなにか話してくれれば、進展の糸口が見えるんですがね……。田端くんはまだ未成年だし、両親の保護監督が行き届いていなかったことを立証できれば、罪を軽減できるかもしれませんが」

たまたま居合わせた弁護士が渋《しぶ》い顔をしていた。

「そういえば、田端くんが、もしあなたに会ったら伝えてほしいと言っていました」

「私に、ですか？　どんなことですか？」

「ぜひ、内密にしてください。いまこの状況でこれが外部に漏れると、田端くんの心証《しんしょう》が悪くなりますから」

言いづらそうにひとつ咳払《せきばら》いしたあと、田端の弁護士は呟いた。

「……『国友先生に会っていても会っていなくても俺は変わらない。先生は俺の中でもう死にました』って……」

突き放した言葉に、冷や水を浴びせられた気がした。

田端の精神力は圧倒的に強い。周囲の大人を振り回し、簡単に騙《だま》しおおせる才能は、生まれ持ったものなのだろうか。それとも、自分を取り囲む冷たい環境の中で少しずつ芽生《めば》えていったものなのか。

——心療内科医なのに、彼のこころを読み間違えた俺がこれ以上、考えても仕方がない。

田端には、まったくべつの精神科医がつくだろう。その医師が少しでも田端のこころの中に広がる暗黒をとりのぞいてくれることを、いまは祈るしかない。

力が及ばなかったおのれをなじり、誰もいない家に戻った。たった数日前まで、ここに悟や田端がいて、虚構の家族を演じていた。だが、いまは自分ひとりだ。あの欺瞞《ぎまん》や疑いに満ちた団らんがもう一度ほしいとは思わない。

けれど、孤独であるという揺るぎない事実に押し潰《つぶ》されそうだった。その引き金を引いたのが自分であることにも。

「全部、俺のせいだ……」

薄暗いリビングの灯りも点けずに、ソファに寝転んだ。

田端を暴走させたのも、悟の欲望を制御できなかったのも、すべては自分の中にあった弱さが原因だ。

悟は、どこに行ったのだろう。どこでなにをしているのだろう。悟の携帯電話に連絡してみようかと身体を起こしかけ、じわりと頬を熱くした。

以前、ホテルで激しく抱き合った夜に、悟は不埒な意味合いで携帯電話を壊しているのだ。あの後、たぶん新しく買い換えたはずだ。モデル事務所や大学の友人付き合い絡みで、番号をいきなり変えることはしていないだろうけど、もし、電話が通じたとして、いまの自分は悟になにを話せばいいのだろう。

一度壊れた関係を早々に修復できるとは思えない。表現方法は違えど、自分も悟も親子だけあって、情が深いのだ。こころに決めた相手のそばから離れることを決意し、落ち着いて話せるまでどれぐらい時間が必要なのか。国友にはわからなかった。こんなにつらい別れを経験したのは初めてだからだ。

――そうだ。俺にとっては、幼い頃から悟がすべてだった。自分が若くていろいろと足りなかったばかりに、この世に早く生を受けた悟を引き取ったとき、どんなにつらい想いをしようとも絶対に育てていこうと思った。守ってやりたかったんだ。手を焼かされたことだってあったし、子どもの俺が子育てしていることで当然の重圧は感じたけれど、俺を信じ切っていつも帰りを待っていてくれた悟は誰よりも大事だった。血を分けた俺の子だからこそ。あんなに愛した相手はいなかったんだ。

「……どうして血が繋がってたんだろう……」

暗闇にとけていく天井に向かって呟き、しばらくしてから自分の発した言葉の意味に驚いた。

血が繋がっていたから守ってきた。愛してきた。だが、もしも、実の親子ではなかったら、歳の差を飛び越えて、べつの愛し方ができたかもしれない。

十六歳も離れている男同士で肉体関係を持ってしまったら、けっして世間にはひた隠しにしなければいけないだろうが、お互いにこころが通じ合えていれば一緒にいられたはずだ。

――でも、肉親であるほうが結束は強い。同じ血の繋がりがあれば、一時離れてしまうことがあったとしても、絶対に切ることのできない絆《きずな》がある。他人だったら熱い恋の感情に溺れても、いずれ目が覚めて、唐突に別れを決意し、二度と会わなくなる可能性が高い。その点、親子は違う。それはもう、絶対だ。悟は生まれてからこの二十年間、俺とずっと一緒に暮らしてきた。そのぶんだけの想い出があって、情もあるはずだ。その情が深すぎてねじくれて、俺を抱くことになったのかもしれないけれど。

単なる仲のいい親子ではなくなってしまった以上、これから先どうすればいいのか揺れてしまう。

田端はあっさりと自分を見切った。味方になれなかった時点で、彼の中の『国友義政』という人物はいとも簡単に削除されたのだろう。

――悟は、どうなんだろう。悟も俺を切り捨てるんだろうか。俺は悟とこのまま離ればなれでいても平気なのか？

考えているうちにしだいに息苦しくなってきて、ネクタイをゆるめ、ソファの上で何度も寝返りを打った。暖房を入れていない十二月終盤《しゅうばん》の室内は冷え切っているが、背中が汗に濡れて気持ち悪い。

このまま、ただいたずらに時間が過ぎていくのは耐えられなかった。なにかしていないと、とことん落ち込んでしまいそうだ。

そういえば、と風呂《ふろ》に湯を張りながら思い出したことがあった。悟を育ててきたのは自分だが、彼を生んだ女性は、いま頃どうしているのだろう。年上の彼女はきつめの顔立ちをした美人で、国友は近所付き合いがあり、高校の先輩でもあった。

家庭内が複雑で、男遊びが激しいと曰《いわ》く付きの女性だったが国友にはやさしく、一時のぼせてしまって何度か関係を持ち、一年経った頃にいきなり生後間もない悟を押しつけてきたのだ。

『あんたの子だから』

そう言った彼女は唖然とする国友と両親に、『じゃ、よろしく』と言ったきり、その翌日には家族ごと町から姿を消していた。彼女の父親がギャンブルにはまって莫大《ばくだい》な借金を背負ったせいで夜逃げしたのだとか、母親がやくざと不倫をしていて彼女も一緒に町を去ったのだとか、さまざまな噂が飛び交ったが、なにひとつ確かなことはなかった。

国友と、国友の両親は赤ん坊の突然の登場に腰を抜かすほど驚いたが、純粋無垢《じゅんすいむく》な温かな塊を抱いていると自然に愛情が湧《わ》いてしまい、『悟』と名付け、出所が怪しい噂で彼が傷つかないように懸命に守り、育ててきた。

『女の子とつき合うのはいいとしても、避妊は当たり前でしょう。もう少ししっかりしなさい』

こっそり母親に釘を刺されたこともあった。国友はあえて口答えしなかったが、彼女が『絶対に大丈夫だから安心して。あたし、ゴム嫌いなの』と強くせがんだのだ。だが、やはり、自分がいけなかった。男の立場なら、女性をいたわってちゃんと避妊すべきだったのだ。

——でも、あのとき、俺が過《あやま》ちを犯していなかったら悟には会えていなかった。自分の失敗を正当化するつもりは毛頭無いけれど、悟を愛することで、育てることで、俺はここまでやってこられた。二度と失敗を繰り返さないために、あの彼女と同じようなこころを持つひとを癒やすためにも、心療内科医という仕事を選んだんだ。

田端を救うことは難しかったが、いますぐに心療内科医という肩書きをはずそうとは思わない。まだ、諦められない。自分の手で救えるこころと、そうでないこころがあることはわかっていても、まだ怯《ひる》みたくない。

「……悟」

熱い湯に浸《つ》かりながら声に出すと、会いたい気持ちが一層《いっそう》募《つの》った。

「悟、……悟……」

浴槽《よくそう》の中でじわりと潤む目元を乱暴に擦った。

この身体に、悟は何度も触れてきた。挿ってきた。悟だけの熱を染み込ませてきた。あんなことはもうしてはいけないけれど、悟に会いたい。会って、話がしたい。実際に顔を合わせたらなにを話そうかとつっかえてしまうだろうが、悟のこころを理解できずにいつまでも離ればなれになっているのはたまらなく嫌だ。

でも、と風呂上がりの身体をタオルで拭《ぬぐ》い、ついでに頭もごしごしと擦った。事がここまでこじれた以上、焦ってはいけない。たった二日間では悟もまだ気持ちの整理がついていないだろう。自分とて同じだ。

悟に会うにはもう少し時間が必要だ。三十六歳の大人として、親として、今度こそ無様《ぶざま》な対応は取りたくない。

頭を冷やすために、国友は久しぶりに九州にいる両親のところへ電話をかけてみることにした。毎年、この時期は悟とふたりで両親のもとを訪ねて年末年始を過ごすのだが、今年は事情が事情だけにそうもいかない。

夜の八時過ぎに電話をかけてみると、元気そうな母親が出てくれたので、しばし他愛《たあい》ない世間話をした。

「今年は俺の仕事と悟の都合もあって、そっちに行くのは正月明けになりそうなんだ」

『そう、残念ねぇ。でも、悟ももう大きくなったんだもんね。いろいろ都合があるわよね』

「ごめん。日程が決まったら連絡するから」

疑うことを知らない母親の言葉に胸がずきりと痛んだが、なんとか取りつくろった。

「それよりもさ、いまさらの話で悪いんだけど、悟の母親、……俺がつき合ってた年上の貴子《たかこ》さんの消息《しょうそく》って、あれ以後、母さんも知らないよな。母さんたち、結構前にそっちに引っ越したし」

『あら、偶然。そのひとのことならちょっと前に聞いたわよ』

「ほんとうに？」

思いがけない展開に、国友は受話器を握り締めた。

『前に住んでいた町内のひととは、いまでもおつき合いがあるのよ。たまに電話したり、ハガキを送り合ったりしてて。それでね、一番親しいお友だちから、あの子がふらっと挨拶《あいさつ》に来て驚いたって聞いたのよ』

「それ、いつ頃の話なんだ？」

『うーん、二か月前ぐらいかしら』

「あの町に戻って住んでるってこと？」

『それはわからないの。でも、ちょくちょく顔を見るようになったから、近くに住んでるんじゃないかって話』

「そうか……」

『どうしたの。いまさら貴子さんとよりを戻す気なの？　悟が会いたがってるとか？』

怪訝《けげん》そうな声に、違うよ、と国友は否定した。

「そういうんじゃない。どうしてるんだろうって思っただけなんだ。悟が会いたがってるんでもないけど、元気だったらいいなと思ってたんだ。もともと悪いひとじゃないし、憎んでもない。悟のことについては、俺に原因があるし」

『あんたもまったく、お人好《ひとよ》しなんだから。まぁ、気持ちはわかるけど』

呆《あき》れたように笑う母親とその後少し話をして、「父さんにもよろしく」と伝えて電話を切り、今度は地元にずっと住んでいる中学校時代からの友人に電話をかけてみた。

「突然でごめんな」と謝る国友の声を聞くと、相手は『懐《なつ》かしいなあ、元気だったか?』と喜んでくれた。互いに近況を語り、当時のクラスメイトがその後どうしているかという話題で盛り上がったあと、国友は慎重《しんちょう》に、貴子の行方《ゆくえ》を聞いてみた。彼は、国友と彼女の仲や経緯を知っていた数少ない友人のひとりだ。

『知ってる、知ってる。このことは近いうちにおまえにも電話しようと思ってたんだ。貴子さん、いまは隣町に住んでるらしいんだよ。当時はいろいろ荒れててさ……、いなくなったあとの噂もひどかっただろ。だから、いまはとくに親しかったひとのところにしか挨拶に行ってないみたいだけど、俺も一度だけ挨拶して、連絡先を教えてもらった』

「そうか、……会えるかな」

『よかったら俺が連絡してみようか? もしかして、よりを戻したいのか? でもおまえ、あのひとはもう結婚してるみたいだぜ。それに、相手は本気でヤバイ筋らしいし……』

「違うんだ。ただ、悟も二十歳になったから、一度は俺があのひとに会って、けじめをつけておきたいんだ」

『そっか、悟くんも、もうそんなに大きくなったのかぁ……。おまえ、いままでよく頑張ってきたよな。偉いよ』

感慨深《かんがいぶか》そうな友人が、『よし、わかった』と気さくに引き受けてくれた。

『あのひとには、俺から連絡してみるよ。なんなら、今夜にでも電話してみる』

「迷惑をかけてすまない。ありがとう。連絡、待ってるよ」

礼を言って電話を切った。

友人は約束どおり、即座に彼女に電話をかけてくれたらしく、翌日には直接会える段取りが整った。

その間、国友はもうひとつの秘密を探ることにした。

悟と自分が親子であることは戸籍抄本《こせきしょうほん》を見れば一発だが、ほんとうに血が繋がっているかどうか、ＤＮＡ鑑定《かんてい》で知りたい。十中八九、親子で間違いないが、田端の深層心理を見抜けなかった直後だけに、念には念を入れておいたほうがいい気がしたのだ。

勤め先の病院で親しい同僚に頼み、悟のベッドに残っていた毛髪と自分の毛髪を提出した。

突然の妙な依頼に、『どうしたんですか？』と医師は眉をひそめていたが、『大事な問題なんだ。くれぐれも内密に、早急に頼む』となんとか引き受けてもらった。

それでも、越えなければいけない山場はまだいくつも残っていた。

年の瀬も押し迫る十二月二十七日の晴れた昼間、国友は地元から離れたホテルのラウンジで彼女を迎えた。

「久しぶり、貴子さん」

「久しぶりね」

ハスキーな声の貴子は当時よりずっと服装も仕草《しぐさ》も落ち着き、大人の女性になっていた。鋭さを感じさせる美しい顔は、むしろあの頃よりも凄味《すごみ》を増したかもしれない。左手の薬指にプラチナリングがはまっているのを隠さずに足を組み、ふたりぶんのコーヒーが運ばれてくる前に煙草《たばこ》を吸い始めた。

「急に連絡してきてどうしたの？　あたしとよりを戻したくなった？」

余裕たっぷりに微笑む貴子のくっきりとしたアイラインに縁《ふち》取られた目元を見つめ、「いや」と頭を振った。

「悟が、二十歳になったんだ。そのことを伝えたかっただけだ」

「そう、悟って名前をつけたんだ。二十年なんて、もうそんなに時間が経ったんだっけ。あたしに似ていい男でしょう」

「まあね」

苦笑して頷くと、煙草を指に挟んだままの貴子がテーブル越しにぐっと身を乗り出してきた。

「いまだから言うけど。あの子は確かにあたしが生んだけど、父親はあんた以外の可能性も大ありなの」

「え？」

予想もしていなかった打ち明け話に、耳を疑った。貴子はそれを予想していたように、ふふっとくちびるを吊り上げて笑う。

「あの頃のあたしの家って、とにかくめちゃくちゃでね。父さんがヤバイ筋から金を借りてギャンブル狂いになるし、母さんは母さんで取り立てに来た若い衆《しゅう》と不倫しちゃうしさ。あたしもまあ、年に似合わずいろいろ教わったわけよ」

「あのときの噂は……全部、ほんとうだったのか」

「まあね。ろくでもない親に育てられると、こういうのができあがるっていう、いい見本。あんたのことはとくに悪く思ってなかった。女がどんなものか知らなそうだったし、なんとなく遊んであげようかなって手を出したら、案の定、あんた、あたしにのぼせたでしょう。それまでは、どうしようもないやくざばっかとつき合ってたから、あんたみたいな純粋な男の子は結構新鮮だったかな。おかげで、お腹《なか》に赤ん坊がいるって気づくのが遅くてね、あたしはあんたや他の男と遊び続けたの」

二本目の煙草に火を点ける貴子はまったく悪びれておらず、国友としては呆気に取られるばかりだ。貴子が遊び好きなのは知っていたが、同時期に複数の男とも関係を持っていたとはまるで知らなかった。

「気づいたら堕ろせなくて、しょうがなく生んだのよ。あの子、どう？　元気？」

「元気だ。年齢以上にしっかりしているよ。でも、どうして貴子さんはあの子を俺に……」

押しつけたんだ、という当然の問いかけに貴子はゆるく笑い、しばしの沈黙を守っていたが、半分ほど吸った煙草を灰皿に押しつけた。

「――あんたの家は、あたしが知ってる近所連中でものんきで穏やかで……落ち着いてたから。赤ん坊をポンと渡してもなんとか育ててくれると思ったのよ。実際、あの直後に、あたしはやくざと駆け落ちする母さんと一緒に逃げなきゃならなくなったからね。父さんはいまでも行方不明。とっくに死んでるんじゃないかな。こんな状況で面倒な赤ん坊なんか連れていけるはずないし、ガキを育てるのはあたしの趣味じゃないから。だから、押しつけたの。あんただったら、赤ん坊を自分の子だと信じ込んで育てるって思った。あたしの目に間違いなかったでしょう？」

「……ああ」

勝手極まりないが、それなりに悟を案じていたことが貴子の声から感じ取れたので、それ以上問いつめることはやめた。

「ほんとうに、俺と悟は無関係なのか？」

「さあ？　どうかな。あたしの血を引いてるのは確かだけど、誰が父親かはさっぱり。あんたと寝る回数より他の男と寝てることのほうが多かったから、たぶん、あんたは無関係なんじゃない？　たとえほんとうにあんたの子だったとしても、二十歳まで育ててやったんなら、もういいでしょう。面倒なら、家を追い出せば」

「そういうわけにはいかない」

うろたえた国友に貴子はダイヤモンドがぎっしりはまった腕時計にちらりと視線を落とし、

「悪いけど、そろそろタイムアップ」と話を遮った。

「あたし、これから旦那の会社に行かなきゃいけないの」

「貴子さん、いまはどんな暮らしをしてるんだ」

「あんた、平凡に暮らしてるんでしょう。わざわざ聞かないほうがいいと思う。あたしも、いまさらあんたを厄介《やっかい》ごとに巻き込むのは嫌だし。今日あんたと会うのだって、旦那には内緒にしているの。うちの旦那、嫉妬《しっと》深いからね。ふたりで会うのはこれが最後にしておいたほうがいいんじゃないかな」

「……わかった」

普通の女性らしからぬ、きわどいアイラインや艶《つや》やかな口紅で隠した素顔がどんなものか、深く追わないほうがいい。自分とはまったく違う世界に棲《す》んでいるのだろう。

「じゃあね。もう二度と会わないけど、元気で」

「ああ、……貴子さんも」

高いヒールの音を鳴らして立ち去る貴子の背中を見送り、国友は気が抜けたようにソファにへたり込んだ。

悟は、自分の子どもではないかもしれないという言葉が、こころに影を落とす。いままでずっと、悟とは血が繋がっている関係だと思っていた。信じていた。だから大事にしてきたのだし、愛してきたのだ。しかし、肉体関係を持ってしまったことで、取り乱してしまった。親子でこんなことをしてはいけない、息子に乱暴されて屈辱と快感に振り回されるなんてあり得ないと何度もおのれを戒めてきたのに、貴子の言葉でなにもかもひっくり返された。

「……他人だったら……」

ほんとうは、血の繋がりもなにもないとなったら、自分はどうするのだろう。悟が、このことを知ったら、どうするのだろう。DNA鑑定は、どんな結果を出してくるのか。

赤の他人だとわかったら、悟は開き直るかもしれない。さらに増長して、この身体を食い荒らすかもしれない。

——でも、同じ血で結ばれていなかったら、悟はいつか俺との関係に飽きて、べつの誰かに手を出すかもしれない。あの家を本気で出ていく日が訪れるかもしれない。

さまざまな可能性を思い浮かべ、国友はソファに深く座り込み考え続けた。ちらりとコーヒーカップに目をやると、すでに湯気《ゆげ》はなく、冷めきってしまったようだ。

物事をますます熱くさせるのか、冷めさせるのか、すべてはDNA鑑定の結果しだいだ。

砂糖もミルクも足さなかった黒い液体で満たされたカップを、国友は見つめ続けた。表面が暗ければ、中はもっと深い闇だ。そのことがどうしても頭から離れなかった。どうしても。

大晦日《おおみそか》の昼過ぎには、家中の大掃除が終わった。いつもなら悟とふたりがかりでやるのだが、今年はひとりだったせいか、早朝から始めたわりには結構時間がかかってしまった。

綺麗になったキッチンやリビングを眺め回してひと息つき、国友は覚悟を決めて悟の携帯を鳴らしてみた。

悟が家を出ていってから数日、混乱していた頭もやっと落ち着いてきた。学生時代の行事やモデルになってからのロケなどで家を空けること以外では、悟が家にいないのも初めてで、終始仄《ほの》かな寂しさがつきまとったのが、自分でもおかしかったが、いつかは親離れをしなくてはいけないんだろうなと思う。

そんなことを考えていたら、三回のコールで悟が出た。国友からの電話だということは前もってわかっていたのだろう。

『なんの用』と固い声に、国友は息を吸い込んだ。

「話がしたいんだ。帰ってこい」

『帰ってこいって、あんた、もう気持ちの整理がついたのかよ』

「ああ、なんとか。だから電話をかけたんだ。……いままでずっと、年末年始は一緒に過ごしてただろ。帰ってこい。もう部屋の掃除もすんだし、おまえとのこれからのことについても、ちゃんと話がしたい」

しっかりした声で言うと、電話の向こうからちょっと驚く気配が伝わってくる。

『わかった。いまから帰る』

そう言った悟が実際に帰ってきたのは、三時過ぎだ。

数日前にここを出ていったときとは違う色のパーカにダウンジャケットを羽織《はお》り、リビングのソファにデイパックを放り投げるなり、「話って、なに」と斬《き》り込んできた。ほんとうはゆっくり食事でもしながら話そうかと考えていたのだが、冷めた目つきで、どこか思いつめているようにも見える悟の表情に、国友も腹を決めて彼の隣に腰を下ろした。

「俺とおまえがほんとうの親子かどうか……、一度はちゃんと調べておく必要があったから、友人の医師に頼んでＤＮＡ鑑定をしてもらったんだ」

「結果は？」

鋭い視線を、真っ向から受け止めた。

「まぎれもない親子だ」

「そう。で？　それがわかったから、あらためて俺と縁切りするために呼び戻したのか」

事実を知っても悟は揺らがず、「でも、俺は」と言いかける。それをなんとか遮り、国友は話し続けた。

「違う。その逆だ。これでもいろいろ考えたんだ。おまえが俺に抱く気持ちをどうすれば受け止められるか……毎日考えた。親子なのに、おまえは俺を欲しがる。最初はどうかしてるんじゃないかと思ったよ。常識として間違ってるし、絶対にいけないことだともわかってた。俺は俺なりに、おまえのことを昔から愛してきたんだ。だから、俺なんかを選ばずに、もっと真っ当で世間的にも認められる相手を見つけるべきだと思ったけど……おまえがいなくなって、駄目になりそうだった」

「駄目になりそうって、なにが」

「おまえが、べつの誰かに俺と同じようなことをするのかと思ったら――おかしくなりそうなんだ」

「父さん、その言葉、本気で受け取っていいの？」

悟が声を低め、手を摑んできた。

「俺がしつこいことは重々承知してるだろう。いまここで俺を受け入れたら最後だぜ。俺だってそのつもりで帰ってきたんだ。もともと、あんたを諦めるなんて選択肢は頭の中にないけど、それでも、父さんが俺の存在を認めるなら、俺はいままで以上に図々《ずうずう》しくあんたを好きでいるし、嫌だと言われても抱く。他の誰にも渡さない。もう一回聞くけど、本気か？」

「……ああ、本気だ」

息詰まるような真剣さをもって、悟が目の奥をのぞき込んでくる。その熱っぽさに負けじと国友も見つめ返した。いま口にしたことすべてが本心であることが伝わるように。

互いの姿しか視界に映さない時間が、どれぐらい過ぎたのだろう。

ようやく悟が口元をほころばせ、安堵したように大きく息を吐いて、手を繋いだままこつんと国友の肩に頭をもたせかけてきた。

「やっと、俺の願いが叶《かな》ったよ。さっき父さんがいろいろ考えたって言ってたけど、俺だって十五年以上、あんたを想い続けてきたんだ。田端からあんたを奪い返すときに言ったけど、肉親を好きになる、抱きたくなるぐらい好きになるのがどれだけおかしいことか、俺もずいぶん悩んだ」

「まさか、五歳の頃から……その、俺に性的なものを感じていたわけじゃないよな?」

「さすがにそこまで早熟じゃない」

悟は苦笑して、指の一本一本を丁寧に絡み合わせてくる。その仕草はとてもやさしいが、伝わる熱の高さに、過去、身体の深くまで染み込まされた悟だけの感覚を思い出してしまいそうで落ち着かない。

「ただもう、物心ついたときには父さんしか目に入らなかった。あんただけに抱き締められたかったし、あんたの声を聞いていればしあわせだった。それが年々高じて、男と女のセックスがどういうものかを知ったあたりで、父さんはどうするんだろう、誰をどう抱くんだろうって考え出したら止まらなくて、気が狂うかと思ったぜ。父さん、いまの俺より若い頃に年上の女に遊ばれたんだよな」

「そんなこと、いつ、誰に聞いたんだ」

驚いて問い返すと、悟は首を傾げて、「二年前、ぐらいかな」と言う。

「あんたがどういう女を抱いたのか、どうしても気になってさ。九州のお祖母《ばあ》さんにこっそり電話をかけて聞いたんだ。『俺を生んだひとって、どんなひと』って。驚かせるつもりはなかったけど、向こうも電話口でちょっと絶句してた。でも、俺も『教えてほしい』って食い下がったんだ。正直に言うけど、俺の母親がどんなひとか興味があったんじゃなくて、父さんが抱いた相手がどんな奴だったのか知りたかっただけなんだ。この違い、わかるよな？」

黙って頷いた。

悟の中には、国友の存在しか、ない。国友だけに興味の針が向いていて、自分を生んだ母親がどんな生まれで、どんな性格だったのかということはどうでもいいのだ。

「俺の母親は、ちょっとヤバイ筋と関わってたらしいな。俺が生まれた当時、いろいろ荒れてて、父さんに俺を預けたまま失踪《しっそう》したって。最初はお祖母さんもお祖父《じい》さんもびっくりしたって言ってたけど、自分たちにとっては義政……父さん以外の子どもはもう望めないってわかってたし、十六歳だったあんた自身が『絶対に育てる』って言ったから、一家全員で覚悟を決めたって教えてくれた。それを聞いて、よけいに引き下がれなくなったよ。最初から、あんたは俺を無条件に愛してくれた。だったら、俺だって盲目的《もうもくてき》になってもおかしくないよな。自分でもファザコン過ぎだろって可笑しかったけど。ひとつの対象物に集中しやすいのは、間違いなくあんたから受け継いだ気質だと思うよ。いまの父さんは若い頃と比べたらずいぶん落ち着いたんだろうけどさ」

「若い頃は……いろいろ知識が足りなかったんだ。そのことについては、いまでも反省してる」

「いいんだって、べつに。若い頃の父さんが暴走してなきゃ、いまの俺はいないんだから。それに、俺とセックスしてる間のあんたは年とか関係なくてすげえ色っぽいし、たまらなく引きずられるんだよ。俺は、あんたにしか欲情しない」

長い指で顎を摑まれ、吐息が感じられるほどの距離で囁かれると一気に頭が沸騰しそうだ。たった数日離れていただけで、こんなにも身体が熱くなるのかと自分を戒め、「まだ、話の途中だろ」となんとか悟を押し返した。

「なんだよ、抱かせてくれないのか？　俺、ここに帰ってきたときからずっとうずうずしてんだよ」

「駄目だ。聞きたいことが、まだあるんだ」

「それを話したら、父さんとセックスしていいんだよな」

にやにや笑う悟のからかいめいた言葉を聞き流すふりをして、「――田端くんの件だが」と話を向けた。

「暴行事件のことでは悟を疑って、すまなかった。あのときは俺も取り乱していたんだ。パソコンを勝手にのぞいて悪かったよ。……でも、あの日記みたいなものは、いったいなんだったんだ？　どうして連続暴行事件があった日に赤丸をつけていたんだ？」

「ああ、あれか。事件に興味があったんだ」

あっさりと認めた悟がかたわらに置いていたデイパックからノートパソコンを取り出し、起動させる。以前、国友が盗み見したスケジュール表を開き、悟は赤丸がついた日付を軽く叩く。

「あの事件は、ここらで起こっていただろ。終電近くのサラリーマンやOLを無差別に狙う犯人の心理パターンがどんなものか俺なりに分析したくて、思考回路をできるだけシンクロさせてみようと思ったんだ。日頃から鬱屈していて、ストレスの発散がうまくできない奴で……荒っぽい手口からも、たぶん若い奴だろうと想像してた。ただ、なかなか尻尾《しっぽ》を掴ませない点は計算高いとも思ったな。心療内科医の父さんから見たら、子どもっぽい診断だろうけどさ。俺、将来は父さんと同じ道に進むつもりなんだよ。犯罪における心理面を追及したいから、いまの大学を卒業したらもう一度べつの医大に入り直す。ちょっと回り道してごめん。でも、学費は心配しなくていい。モデルをやってたのはそのためだから」

「……そう、だったのか」

鋭い分析と、これから歩んでいきたい道を同時に聞かされて素直に驚いた。悟は、悟なりに自分の切り拓《ひら》くべき方向を考えていたのだ。

「情けないけど、俺のほうが田端くんに近いところにいすぎて、正しい判断ができなくなっていたんだろうな。……いまだから言うが、最初の頃はおまえの衝動が怖くて、田端くんを家に呼べば、なんとか治まるんじゃないかと考えてた時期があったんだ」

「俺を甘く見すぎだよ。あいつごときで父さんへの想いが醒めるわけないだろ?」

余裕たっぷりに笑う悟は足を組み替え、絡め合わせたままの指の先端を淫猥に擦ってくる。十五年以上もかけた執拗《しつよう》で真摯な愛情が疼くような熱に変わり、少しずつ指先からなだれ込んでくるようだった。

「ただ、田端が家に来たときにヤバい雰囲気《ふんいき》は感じてた。ひとつは、父さんに頼りすぎている感覚と、もうひとつは前にも言ったとおり、あいつの身体にあった傷の偏り方。さすがに最初からあいつが暴行犯だとは思ってなかったけど、俺への妙な擦り寄り方とか、父さんの目が離れているときの醒めた顔なんかを見ていたら、見た目の弱々しさは演技じゃないかって確信が強くなった。——父さんがあいつんちに引きずり込まれて床に寝転がされてるのを見たときは、本気で殺してやろうかと思った」

「少しは落ち着け。頭に血が上りすぎだ」

「しょうがないだろ。それだけあんたが俺のこころに棲んでる証拠だよ」

笑い混じりの悟にぐっとうなじを引き寄せられ、抱き込まれた。

「まったく赤の他人を好きになれれば、どんなに楽かと思ったことは何度もあった。そうできたら父さんも悩ませずにすむだろうって自分に言い聞かせてきたけど……無駄だったな。なにをしていてもあんたにすぐ目がいくし、誰かがあんたに触れるかもしれないって考えただけでおかしくなりそうなんだよ」

「悟……」

「俺は父さんを愛してる。常識はずれなのもわかってるし、おかしいこともわかってるけど、もう離さない。父さんは？　なにか言いなよ。いまさらやめろって言われても困るけど」

十六歳も下の息子に迫られて、声がうわずりそうだ。年上の男として——悟の親としてみっともないところを見せたくないが、ここまできておのれの気持ちを偽《いつわ》ることもできない。

急速に赤らんでいく頬を見られないように、みずから悟に身体を寄せた。

「俺には、悟だけなんだ。昔からずっとそうだった。いまでも、自分の息子に抱かれることには罪悪感や抵抗感がある。それはたぶん、一生変わらないけど……俺を離すな。離さないでいてくれ。俺はおまえだけに愛されたいんだ」

「……父さん」

愛するこころは変わらないが、愛し方を変えていく。

国友の決意を感じ取った悟が強く頭をかき抱いてきて、くちびるを重ねてくる。ねじ切るようなくちづけから伝わる激情に一瞬怖《お》じけそうだったが、国友もおずおずと応えた。

「ん……っ……」

ほとばしる思いをそっくりぶつけてくる悟の激しいキスは、固く引き締めていた意識の糸をいきなり断ち切る勢いだ。息継ぎさえ満足にさせてもらえず、国友が苦しげにくちびるを開くと、ぬるんと舌がすべり込んできて、そのまま淫猥に、きつく吸い上げられた。

「ん、っ、ん、ぁ……待てよ、……さ、とる……っ、ここじゃ……」

陽が落ちたとはいえ、リビングのソファで気忙《きぜわ》しく抱き合うのは羞恥を煽る一方だ。笑いながら顔中にくちづけてくる悟の背中を叩いて懇願した。

「……するなら、二階の寝室で……」

「父さんがそんなふうに言うのって、初めてだよな。俺はソファでもベッドでもどっちでもいいんだけど。どうせ、これから先この家のどこででも、その気になったらあんたを抱くつもりだし。リビングでも、玄関でも、トイレでも、風呂でもどこでも」

「……ッ、悟……！」

悟にしてみたら火が点いたら最後、その場で国友を食い尽くさないと気がすまないのだろう。誰にも感じなかったその勢いを恐れる反面、たまらなく惹《ひ》かれたから、葛藤《かっとう》と逡巡《しゅんじゅん》を繰り返した末に、国友は秘密の関係を続けていくことを選び取ったのだ。

「じゃあ、父さんの寝室で抱かせて」

悟に手を引かれ、よろけながら二階へと上がった。静まり返った寝室のベッドは今朝からの大掃除でシーツを取り替えたばかりで、ふんわりと薄くいい匂いが漂《ただよ》っている。

ぱたん、と寝室の扉を悟がわざわざ閉めたことで室内は急に翳《かげ》り、ふたりしかいない空間の密度がさらに増していく。これから始まる濃密な時間に不安と興奮が胸の中で渦巻き、身体が小刻みに震えてしまう。

「……っぁ……」

ベッドの前で立ったまま、悟が背後から強く抱き締めてきた。顎を押し上げられて敏感な首筋にねっとりと舌が這い、たまに軽く食むように歯を突き立てられる。

「ん……ぁっ……」

ひとつひとつシャツのボタンをはずされ、冷たい空気に肌が引き締まる。

胸をまさぐってくる悟にキスを求められて懸命に応えているうちに、意識が端のほうからゆるく崩れ落ちていく。わざとなのかどうかわからないが、悟は冷えた空気に晒されてツキンと尖る乳首を責めるのではなく、胸全体をゆっくりと揉みほぐしてくる。

指の痕が残るんじゃないかと思うぐらいに両手できつく胸筋を揉み込まれ、しだいにもやもやとした熱がこみ上げてくることに国友は必死に声を殺した。前にホテルで抱き合ったときとはまた違う、執拗でやさしい愛撫を受けて、全身の血が熱く沸き立っていくようだった。

皮膚の下で眠る快感が悟の手のひらによって次々に目を覚まし、だんだんと中心へと向かっていく。淫靡《いんび》な熱を集めて乳首が大きく疼いて膨らみ、悟に弄りやすくさせてしまうことが恥ずかしくてどうしようもない。

「……っあぁ、っ……！」

親指と人差し指で乳首をきゅうっとつままれ、こよりのようによじられたことで、思わず嬌《きょう》声《せい》を上げてしまった。そのままベッドに倒れ込んでしまいそうなのを、悟に引き戻された。

「父さんは乳首を弄られただけで、勃起するんだぜ。やらしい身体だよなぁ……マジで」

「ちが……っ、それ、は……おまえが……する、から……っぅ、く……っ」

どんなに頼んでも立ったままでいることを命じられ、スラックスのジッパーを下ろされた。途中、何度もジッパーが引っかかり、悟が忍び笑いを漏らすほどにそこが熱くたぎっていることを国友も認めねばならなかった。

「父さんのここ、反応よすぎだよ。もうヌルヌルになって下着も濡れてんじゃねえの？……なあ、しゃぶらせろよ。最初はかならず、俺の口の中でイけよ」

「……っ、さ、とる……っ」

うしろからぴたりと身体を寄せて少しの隙間もつくらない悟にスラックスと下着をもったいぶって脱がされ、びくん、と跳ね出るペニスの根元を摑まれると、目の前が真っ白になるほどの快感が襲ってくる。

だが、そのまま達することを許さない悟が根元をきつく締め上げてきて、あふれた先走りを指に移してやさしく扱き出す。

「ほら、ちゃんと見ろよ。父さんのここ、俺が触るとすぐに濡れる。あんた、昔からこんなに感じやすかったのか?」

「あ、あ、い……や、だっ……」

前に回った悟がひざまずいて腰を摑み、勃ちきったペニスをおもむろにしゃぶり立てる。

じゅぽっ、とあられもない音が響くのと同時に、悟が舌を大きくのぞかせて先端の割れ目をくすぐってくることに我慢できず、国友は涙混じりに喘いだ。

悟にこんなふうにされる前までのことなど、もう欠片も思い出せない。もともと、若い頃の過ちを深く悔やんでいたから、性的なことについては淡泊《たんぱく》だった。なのに、身体の奥まで息子に暴かれたことで、自分でも気づかなかった欲情がふとしたきっかけで滲み出し、悟を求める声や仕草になって現れてしまう。

「悟……も、う……」

「イかせて、って言えよ」

咥《くわ》えられながら命じられ、微妙な振動に身悶《みもだ》えた。

「つく、……ぅ……」

抱かれることを承知しても、秘密の関係を続けていくことを認めたとしても、おのれの欲望に忠実になることはそう簡単にできない。

たとえ、この関係が一生続いていったとしても、悟とは血が繋がっているという事実が頭の片隅に深く刻み込まれている。

自分の子どもに抱かれてあられもなく悦ぶなんて、俺にはできない。だけど、突き放すこともできない。

国友の葛藤を見抜いているのか、性器を嬲る悟の舌遣いがさらに悪辣《あくらつ》に、淫蕩なものへと変わっていく。いまにも射精してしまいそうな蜜口を舌先でこじ開けられて敏感な粘膜を啜られると、頭の中に靄《もや》がかかり、国友に屈辱と同じぶんだけの煮詰めた快感を味わわせる。

根元のくさむらを指でかき回され、陰嚢からアナルへと探られたことで急激に絶頂感が高まる。国友は悟の髪を摑み、啜り泣きながらせがんだ。

まだ、ベッドに横たわってもいないのに、悟の口の中で果ててしまうほどに敏感に調整されたおのれの身体を呪《のろ》うしかない。

「……イ、きたい……悟、っ……イかせ、て、ほしい……」

「いい声。父さんにねだられるのって、フェラと同じぐらい癖になる」

にやっと笑った悟に竿全体を強めに吸われて、どっと噴《ふ》きこぼしてしまった。

「あ……あっ……ん――……ぁ……」

口淫はこれが初めてではないのに、今夜は感じすぎてどうにかなりそうだ。悟もそれをわかっているらしく、達してもまだひくつくペニスを軽く揉み込みながらベッドに組み敷いてきた。

「父さんのベッドで、父さんを抱く。俺だけのものにするために……俺の味を覚えさせるために、父さんの中で何度も射精したい。それが俺がずっと願ってたことだって言ったら笑うか？ 俺の気がふれてるって恐れるか？」

軽く笑いながら、国友にまたがった状態で悟が一枚一枚、服を脱ぎ捨てていく。

自分と同じ血を引く男とは思えない。逞《たくま》しさとしなやかさを併《あわ》せ持った悟の裸の胸を見ているだけでも気恥ずかしさが募り、だからといって目線をそらすことも許してもらえず、うろたえてしまう。

「俺だけを見ろよ、父さん。ここまで来たんだから、覚悟を決めろ」

「悟……」

「俺に触ってみな。意識しろ。——これが、いまからあんたの中に入ってめちゃくちゃに動くんだよ」

ぐんと天を向いて反り返る悟のそれを握らされた瞬間、あまりに熱く脈打つ感触に反射的に身体がひくついた。筋が太く浮き出す悟のそれは早くも先端が濡れている。

「この皮膚も、この骨も、この顔も手も足も、それから、俺のここもさ……もともとは父さんの一部なんだぜ。俺はあんたがいなかったら、いま、ここにいない。俺をつくり出した基《もと》のあんたを愛するのはそんなに変なことじゃないだろう？」

くくっと笑う悟が身体を重ねてきて、再び胸に舌を這わせながら、唾液で滑りをよくした指で窄まりを拡げてくる。

「ン――……っ」

長い指を一本飲み込むだけでも、同性との行為に慣れていないだけにやはり苦しい。だが、指を挿入されるのと同じタイミングで乳首を甘く吸われて囓《かじ》られると、自然と腰が揺らめき、強張っていた身体がほどけていく。

「……やめろ、悟……そこ、ばっかり……」

「なんで？　父さん、下を舐められるのと同じぐらい、乳首を舐められるのが好きだろ」

愛撫で赤く膨らんだ乳首は自分の目で見ても淫らだ。ずきずきと疼くような快感が突き上げてくることを隠せないのがつらく、悟の頭を押しのけようとしても逆に押さえ込まれてかなわない。

「前にホテルでしたとき、クリップで乳首を挟まれてよがってたのは誰だよ。あれ、もう一度してやろうか」

「……言う、な……っ、も、ぉ……ぁ、あ……っ！」

「すげえ可愛い……父さん、俺の指、三本も咥え込んで腰振ってる。中、熱い」

ぐしゅぐしゅと指を抜き挿しされて、国友は喉を反らした。熱く渇いた快感に身体ばかりか意識の隅々まで沸騰し、これ以上焦《じ》らされたら自分でもなにを言うかわからないと怖くなるほど追い詰められていく。

これから夜ごと、悟の好みの身体に造り替えられていくのだと思うと、知らずと内側が震えて悟の指を搦《から》め取ってしまう。

「俺に挿れてほしかったら、そう言いな。父さんの声が嗄《か》れるまで動いて……擦って、最後の最後に俺に中で出してほしいなら、そう言えよ。……俺は、父さんの言うことなら全部聞いてやるよ」

ひくん、とゆるんでは締まるアナルの縁《ふち》を指先で悪戯《いたずら》っぽく弄られることで、限界も頂点だ。

「し、て……ほしい……悟、挿れて……ほしい」

「それだけ？」

張り出した亀頭を少しずつねじ込んでくる悟にしがみつき、国友は涙が滲む目元を乱暴に擦った。

自分の息子である悟を、ひとりの男として欲した瞬間だった。

「挿れて、……おまえに抱かれたい。……中で、出していいから……、っ……あぁ……っ！」

「……っ」

ぐっと両肩を盛り上がらせた悟が全身で押さえ込んできて、深くくちづけながらひと息に貫いてくる。裂かれるような痛みが脳天まで突き抜けるが、じわりと潤む粘膜を擦られて、底なしの快感へと堕ちていく。

指で触れていたときよりも、ずっと硬くて大きい肉棒でずくずくと抉られ、涙混じりの吐息も喘ぎもすべて悟のくちびるの中に消えた。

「んぅ……っふ……ぁ……」

額に汗を浮かべた悟が大きく息を吸い込み、おのれのものを根元まで国友の中に押し込んだところで、繋がった場所を指先でなぞってくる。

互いの濡れた繁みを混ぜ合わせる感覚が鋭い欲情となって国友を揺さぶり、無意識に火照った粘膜で悟を締めつけてしまう。

そのことに悟も気づいたのだろう。くちびるを吊り上げ、国友の片足を大きく拡げて自分の肩に乗せ、さらにぐっと深く腰を沈めてくる。

「わかるか？　俺の形とか、熱とか……硬さとか」

「わか、る……、悟、……深い、くる、し……っい……」

「それが俺なんだよ。動いて、いいか」

悟が跳ね打つ脈を確かめるように、左胸に手のひらをあててくる。その張り付く感触だけでも、おかしくなりそうだ。

「ん……いい、──っぁ……！」

掠れた声を絞り出したとたん、悟のものがずるぅっと抜け出て再びねじ込まれ、激しい摩擦が引き起こす快感に国友はよがり狂った。

腰骨が砕けるほどにぎっちり摑んでくる悟に大きく揺さぶられ、求める声が身体の奥からあふれ出してしまう。

「あ、あっ、あぁっ」

「……父さん、もっと奥まで挿れさせて」

牙を立て、啜り、食らい、骨の一本も残さず貪る悟の獰猛《どうもう》で真摯なやり方に頭から飲み込まれた。ひどく擦られて熱く飢えた肉襞が悟のものにひたりと張り付き、もっと深い挿入を誘ってしまうことを恥じても、国友のこころも身体も征服した悟は不敵な笑みを浮かべ、くちびるの表面を舐めてくる。

「……っん……ぁ……」

甘さに満ちた愉悦に陶然《とうぜん》となる国友と繋がったまま、悟が身体の位置を変え、今度はうしろから突き込んできた。

「ひ……ッ、……ぁ……あぁっ……！」

両手さえ悟に摑まれてうしろに引っ張られ、身体の自由がまったくきかない。

どうしようもなく太くて硬い灼熱で全身を貫かれる強烈な快感に泣きじゃくり、突き動かされるままに喘いだ。尖りきった乳首がシーツに焦れったく擦れるのも、たまらなく気持ちいい。

「あっ、う、……っイく、また……悟、前、触って、ほしい……」

「そのまま出せよ。触らないでもイけるだろ」

「そん、な、……触れ、よ……触って……あ、あ、ッ！」

とろりと滴を垂らす性器に触れてもらえないまま、がむしゃらに貫かれた。充血する肉襞をせり上げられ、最奥を何度もぐりぐりと擦られた。悟のそれは先端が大きく張り出し、身体の深いところに埋められても抉られる感覚がはっきりとわかる。

国友は泣きながら、性器を触ってほしいと何度も懇願したが、悟のもので頭が一杯になるまで犯され、かき回される絶頂感に意識がいつしか蕩けきり、とうとうそのままの形で射精した。

「あっ、……あッ……はッ……ぁ、さ、とる……」

「さっきイッたばかりなのに、感じすぎだよ。そこが可愛いんだけどさ」

ひくっ、ひくっ、としなるペニスからこぼれ落ちる精液がシーツを濡らすはしたない光景に涙し、肩越しに振り返り、「悟」と掠れた声でせがんだ。

すぐに悟がくちづけてきて、互いに唾液が滴るのにも構わず舌を搦め、吸い合った。甘くてとろりとした悟の唾液を喉を鳴らしながら飲み込み、極太の男根を根元まで受け入れて揺さぶられていると、身体の外側も内側も、こころさえも熱く湿《しめ》っていく。

悟にしかできない強引な奪い方でしか、もう感じられない。

「今度は俺も。……そろそろ限界。一度、父さんの中でイかせて。……マジでおかしくなりそう、あんたの身体がよすぎて……止まんねえよ」

「んん、……ッ！」

悟が再び正面から貫いてきて、とろとろになってうねる最奥の潤みを求めて何度も抉り込んでくる。その強さに——けっして止められない激しい求め方に国友が息を切らしながら達する

のを追うようにして、深いところでどっと熱が噴きこぼれた。

「あ……ぁっ、悟……」

「……ッは……」

身体を倒してきた悟は荒っぽい息を吐きながら、大量の精液で濡れそぼった国友の柔らかな感触を愉しむようにゆるく腰を動かし続けていた。

髪をかき上げる悟の切れ長の目元が冷めやらない欲情で赤く染まり、男らしい色気を滲ませていることに背筋がぞくりと震える。

これが俺の息子なのかとあらためて悟に対する想いを深めるのと同時に、当然の罪深さもあとを追いかけてくる。

誰にも絶対に知られない、絶対に口を割らないと固く決意しているが、これだけ若くて強く、美しい獣を一生繋ぎ止めておけるだけの力が自分にあるだろうか。

ふと浮かんだ国友の惑いを打ち消すかのように、悟が微笑みかけてきた。

「まだ……このままがいい。あんたの中でもう一度大きくさせて。そしたら、またする。父さんが嫌だ、もう疲れたって言っても、する」

「馬鹿、そう何度も続けてしなくても……」

「なにを言われてもするよ。俺自身、どうにも止められないんだよ。頭で考えるより身体があんたに反応する。父さんも、そうだろ」

「……そう、だな」

想像以上に互いに欲深な気質なのは、親子だからだろう。

淫猥に、それでいてじゃれつくように楽しげに身体を擦り合わせてくる悟の背中を撫でているうちに、国友も自然と笑みがこぼれる。

誰にも打ち明けられない関係だからこそ、息詰まるほどの苦しさに突き落とされることもあるだろうが、この目だけで悟の成長を確かめられる楽しみのほうがずっと大きいはずだ。

むくりと硬い熱が、身体の奥のほうで跳ねる。

「父さん、もう一度俺を誘って」

「……悟」

甘い囁きに国友は微笑み、悟の両頬をそっと摑んで初めて自分からキスをした。

軽やかなチャイムが聞こえたことで、国友は汗《あせ》が滲《にじ》んだ額《ひたい》をシャツの袖で拭い、玄関に向かった。先に扉が開き、「どう、片付いた？　外でビール買ってきたんだけど」と悟が顔をのぞかせた。

「まあ、なんとかな。悟のほうはどうだ」

「俺のほうはもうとっくに終わった。でも、足りない家具があるから、あとで買いに行く。父さんも来るだろ」

「そうだな。俺のほうもいくつか買い足したいものがあるから、一休みしたら行くか」

ソファに腰を下ろすと、悟が楽しげに近づいてくる。

「俺の前でそういう隙を見せると、押し倒すよ」

「……なに言ってるんだ、馬鹿。部屋もまだちゃんと片付いてないのに」

軽口をたたく悟の頭を軽く小突《こづ》き、国友も笑い声を上げてしまった。それから、悟が手渡してくれた缶《かん》ビールのプルトップを引き抜き、互いに顔を見合わせ、「乾杯」と笑った。

リビングの窓の外に見える一月終わりの晴れた空の下に広がる風景は、長年慣れ親しんだものとはまったく違う。

この関係を続けていくとひそかに認めたときから、ふたりで決めたことがあった。二十年間の想い出が詰まった家を売り払って悟の通う大学に近い区に引っ越し、同じマンションでも隣同士の違う部屋に住み、いままでとは違う暮らしをリスタートさせようと話し合ったのだ。

両親から受け継いだ家を手放すのは寂しく、つらかったが、あのまま同じ家に暮らし続けていると、いつか自分たちの関係もなし崩しになり、怠惰《たいだ》で爛《ただ》れた日々になってしまいそうな気がしたのだ。

だから、新しい生活スタイルを始めようと国友から提案した。

当然、悟はこの案に一度は強く反発した。

『いままで一緒に暮らしてきて、こういう関係になったんだ。いまさら違う部屋に住んで、なにが変わるんだよ。父さんが俺の目の届かない範囲にいるようになるっていうのが、どうにも気に食わない。知らない間に、また女を連れ込んだりしないだろうな』

『いまさら、そんなことはしない。それに、お互いに求め合う気持ちが変わらないなら、違う部屋に住んでも大丈夫だろう。おまえも俺も、自立しないと駄目だ。悟も将来は俺と同じ、心療内科医を目指すんだろう？　だったら、ひととの距離感にはよくよく敏感になっておいたほうがいい。……気をゆるめると、田端くんのこころが読み抜けなかった俺のようになるから』

『あいつは、またべつだろ』

不満そうな顔をしていたが、結局、悟も最後には、隣同士ながらもそれぞれ独立した暮らしを始めることに頷いた。離れて住むと言っても、扉を開ければ一分とかからない距離に住むのだ。勘の鋭い悟の目を盗んで他人を連れ込むことはまず無理だろうし、国友自身、その気はまったくなかった。

——ただ、これ以上近づきすぎて、愛しすぎた最後に、互いの気持ちが擦れて、壊れる日が来るのが嫌なんだ。悟のすべてを愛すると決心したばかりの俺はともかく、ずっと俺を追ってきた悟は安定した日々を手に入れてしまったら、いつか飽きる。俺に飽きる。いつでも好きなときに俺を抱くことが可能になったら、飢えた気分をなくして、どうでもよくなるはずだ。

ビールを飲みながらくつろぐ悟の横顔を見つめながら国友も苦い味わいを飲み干し、いま一度、胸の奥で固く蓋《ふた》を閉じた秘密の箱を確かめてみた。

絶対に、開けない。明かさない。

死ぬまで——たとえ死んでも、悟には話さないと誓う秘密が、この胸にある。

悟と自分はほんとうに親子なのかと問うたＤＮＡ鑑定の真実を、国友はまったく違う答えにして悟に伝えていた。

隣に座る若い男の精悍《せいかん》な横顔は、確かに母親の血を受け継いでいるのだろう。

——でも、父親は俺じゃない。

どこの誰とも知らない男が悟の父親であることを正しい鑑定のもとで知ったとき、目の前が真っ暗になるような絶望感を覚えた。あのときの激しい動揺は、いまでも忘れられない。

なぜ、悟と他人であるという事実にあそこまで揺れたのか。

男同士で求め合うことはぎりぎりの縁で受け入れられたとしても、せめて他人であってくれれば、と何度も願ったはずだ。

血の繋がりがあるからこそ、息子の悟に犯されることに良心が苦しみ、しだいに感じて身体を開いてしまう自分自身を咎《とが》め、涙するほどの屈辱と恥辱を覚えたはずだ。

なのに、自分と悟はまったくの他人だという厳然《げんぜん》たる化学式を突きつけられ、思ってもみなかったほど動転してしまった。

だが、その予兆《よちょう》がまるっきりなかったとは、国友も言わない。

悟に力ずくで奪われ続ける日々の中、彼を深く愛する気持ちと、いっそ憎めたらよかったのにと願う気持ちが複雑に入り混じり、田端のこころまで読み誤るところまで追い詰められた。

あれは、国友にとっても予想外の出来事だった。それまでの自分だったら、田端のように馴《な》れ馴《な》れしく近づいてくる者には相応の警戒心を抱いていたはずだ。しかし、悟とのせめぎ合いが毎晩のようにあったから、判断基準が大幅に狂ったのだ。

悟に触れられるまでの自分はいたって平凡で、良心の塊《かたまり》だったと誓ってもいい。悟を自分の子どもだと信じて疑わなかった。

だが、悟の胸に宿る強い衝動に晒され続けているうちに、自分の魂《たましい》もだんだんと仄《ほの》かな暗闇に浸されていき、ふと気づけば、悟との繋がりを断ち切りたくないと強く願い、そうするためにはなにをどうすればいいのかと苦悩するおのれがいた。

そうと気づいたのは、ホテルのラウンジで悟の母親である貴子と話し、自分以外にも悟の父親がいるかもしれないと教えられたときだ。

口をつけずに終わった黒いコーヒーを見つめていたあの長い長い時間、国友は苦しいながらも自分のこころと向き合い、正直になることを求めた。

いまだかつてない葛藤を繰り返し、しまいにはなにを考えているのかわからなくなり、冷静になれ、出だしからちゃんと考え直すんだと自分に言い聞かせることもした。

DNA鑑定に持ち込み、もしもほんとうに貴子の言うとおり、血が繋がっていないとわかったら、自分は安心するのか。

いいや、しない。絶対にできない。親子だからこんな関係になってはいけないんだと悟の激しい欲求を押し止めてきたのに、その建前がなくなってしまったら、悟の欲望はいずれ枯渇《こかつ》し、自分のもとを去るだろうと判断した。

悟ほど、激しく愛してくれる者は他にいない。悟にとっても、自分に代わる人間がいるとは思えないが、それでも、彼はまだ若い。選択肢はいくらでもあり、今日とはまったく違う明日に踏み出す勢いを自分よりもたくさん持っているはずだ。

――悟の激情がもしもほんとうになくなったら、俺は置き去りにされる。

想像しただけで震え上がり、こころが軋《きし》んだ。生後間もない頃から慈《いつく》しんできた悟が存在しない日々など到底考えられなかった。

気が狂うほどに悩み抜いた挙げ句、国友は、嘘をつくことにした。

この決断に至るまでには、相当の時間がかかった。こんなことで嘘をつくなんて、どうかしていると自分の正気を疑った。だが、『おまえとは血が繋がっていないんだ』と明かすこともためらわれた。

――正直に生きていくことだけがすべてじゃない。

他人であるという真実を隠し、互いに血が繋がっている親子なのだと告げれば、荒々しく見えても純粋な想いを持ち続ける悟は、そばにいてくれるだろう。切っても切れない絆《きずな》を守ろうとひたむきに愛してくれるだろう。

それでも、理性をすべて捨てきるところまでいかなかったのは、自分が他人より深く、こころの複雑さを知る人間だからだ。

——もしも、いつか悟が俺のもとを離れる日が来たら。悟がさらに成長して、自分なりの道を模索《もさく》するために出ていくときがほんとうに来たら、俺は、笑顔で送り出してやりたい。あとでどんなに泣くことになっても、俺は自分のこころに素直に生きることを選んだ。

男としての悟にそばにいてほしくて、もっと愛したくて、常識に反した嘘までついたおのれの欲深さを深く悔いたとしても、悟にしあわせになってほしい気持ちは本物だ。

二十年間かけて我が息子だと信じ、懸命に育ててきた日々を、いまさら捨てることもできない。悟がここを離れたいと言うなら、笑って送り出し、いつ帰ってきてもいいように、待っている。どこにいても、誰といても、ずっと悟を想い、この家で待っているだろう。

この先も、自分たちは親子だ。「国友」という名字だと信じて疑わない横顔を——自分とはまったく似ていない横顔を、国友は見つめ続けた。

もし、他の誰かが——貴子や、DNA鑑定を頼んだ同僚の医師が自分たちを疑おうものなら、相応の覚悟はできている。悟が事実に気づき、ずっと騙されていたのだと激昂《げっこう》する前に、みずから姿を消すことも考えている。

——おまえを傷つけるぐらいなら、いっそ俺のほうから消える。俺を愛してくれたおまえよりも、この関係を続けていくために嘘をついた俺のほうがずっと狭い人間だ。

いったいいつから、こんな並はずれた度胸が備わったのだろう。以前の自分だったらまったく考えられない。常識を逸脱《いつだつ》しているとしか思えないが、悟を手放すことなど考えられない。

ほとんど盲目的な悟に骨まで愛される喜びとつらさを知ってしまい、この先も一緒に過ごすためにどうすればいいのかと何度もこころに問いかけるたびに、悟自身が長年抱え持ってきた闇を見つめ直した。

ひとのこころをのぞくことに長《た》けていたからこそ、いくつもの苦難を乗り越えることができた。そうして、自分の中にも底の見えない黒い深みがあることに気づいたのだ。

いまではもう、自分のこころは悟よりも鋭利な輝きを放っているのかもしれないが、実際のところはどうなのかわからない。心臓を抉り出して真実の重さを比べ合うことはできないし、そもそも、悟とはまったく血が繋がっていないのだ。

こんな決意を胸に秘めて抱かれたことを、悟が知ったらどう思うのか。自分からは絶対に言わないが、悟の勘がいいことはよくわかっている。

執拗という言葉が正しい愛し方しかできない男と、いつまで一緒にいられるのだろう。

一生を懸《か》けて守りとおせば、嘘が本物になることを、国友は信じたかった。

「父さん」

「……なんだ」

ふいに呼びかけられて、どきりとした。胸の裡《うち》を読まれたかと危ぶんだが、口元を軽くほころばせた悟は案外真面目な表情だ。

「息子としても、男としても、俺がこころから愛するのはあんたしかいない。これからは隣同士に住むんだから、義政って呼ぶのも新鮮かもしれないけどさ、俺と父さんは離れられない仲なんだし、お互いがどっちかの部屋に入ったら、いままでどおりだもんな。俺にとって、父さんはあんたひとりだよ。俺はいつまでも、なにがあっても父さんのそばにいる。愛してるよ」

邪気《じゃき》のない悟の微笑みがまっすぐ胸を刺し貫き、ほんの一瞬、こころが大きく揺さぶられて、――ほんとうは違うんだ、俺は嘘をついているんだ、と言いかけたが、理性より本能よりもっと強い力がこころの中で動き、国友に言葉を飲み込ませた。

悟を愛すると決めたときから、覚悟していたはずだ。なにがあっても、悟を守り、愛し、受け止めていくことを。

だから、国友も頷いた。これから口にするシンプルなひと言が、悟を生涯《しょうがい》にわたって繋ぎ止めておく楔《くさび》になるはずだと信じ、愛おしさと同じぶんの罪深さを噛み締めながら、彼の耳たぶを噛むようにして囁いた。

「悟」

くすぐったそうに首を竦《すく》めて笑っている悟は、一度知ったらけっして逃れられない、甘くせつない毒のような存在だ。

そんな男を愛したのだから、大きな嘘でくるみ込んだ真実を繰り返し繰り返し囁き続けることを、ここに誓う。

いつかやがて、ふたりが誰にも知られない永遠の死の縁に辿《たど》り着き、その先でも固く結ばれることをこころから信じて。ひととして、踏み越えてはいけない一線をみずから越えたいま、怖いものはもうなにもない。失うものもない。

たとえ地獄に堕ちても構わない。悟を愛し、守り抜いていくことが自分にとっての正義だ。

「――愛してるよ、悟」

たったひとりの男として純粋な愛の言葉を、悟だけに。

あとがき

こんにちは、または初めまして、秀香穂里《しゅうかおり》です。

今回は近親相姦もの、しかも「親子」なので、頑張ってトライしていただけると大変嬉しいです。次はなにを書こうかという話になったときに、「親子ものはどうかなあ」とおっしゃった担当T井さんの神経を真剣に疑ったことを、ここで白状します。わたしも一応ひとの子なので、それなりの良識があるはずとおのれを信じ、「親子ものはさすがにハードルが高いです！」と反論を試みたのですが、親子ならではの可能性を担当さんと模索し続けた結果、今回の原稿ができあがりました。どんなことでも、挑戦する意識は大事だという結論を得た気がします。

挿絵を手がけてくださった、奈良千春《ならちはる》様。濃い血の繋がりを感じさせる表紙ラフに、いつにも増して圧倒されました。「この親にしてこの子あり」の言葉がしっくりと当てはまるような業の深さを漂わせるふたりを描いてくださり、ほんとうにありがとうございました。担当のT井様。今回も大変ご迷惑をおかけしてしまいました。今後ともよろしくお願い申し上げます。

最後にこの本を手に取ってくださった方へ。乳首責め（クリップ苛めがあってもなくてもどちらでも可）に萌えてくださる方がいらっしゃったら、とても嬉しいです。

この先でも、また元気でお会いできますように。

Lovers Label

血鎖の煉獄

ラヴァーズ文庫をお買い上げいただき
ありがとうございます。
この作品を読んでのご意見・ご感想を
お聞かせください。
あて先は下記の通りです。

〒102−0072
東京都千代田区飯田橋2-7-3
(株)竹書房　第五編集部
秀 香穂里先生係
奈良千春先生係

2010年2月1日
初版第1刷発行

●著　者
秀 香穂里 ©KAORI SHU
●イラスト
奈良千春 ©CHIHARU NARA

●発行者　牧村康正
●発行所　株式会社　竹書房
〒102−0072
東京都千代田区飯田橋2-7-3
電話　03(3264)1576(代表)
　　　03(3234)6245(編集部)
振替　00170-2-179210
●ホームページ
http://www.takeshobo.co.jp

●印刷所　株式会社テンプリント
●本文デザイン　Creative·Sano·Japan

ISBN 978-4-8124-4085-8　C 0193